唐诗之路话诸暨

诸暨唐诗三百首

章军
侃文
陈
余 编 著

ZHEJIANG UNIVERSITY PRESS
浙江大学出版社

本书提要

本书持据论述诸暨作为浙东唐诗之路重要节点的必然，悉心纂辑述及诸暨山水家园、人文历史的311首唐五代诗词，集历史研究、诗人诗歌、文学艺术、地域文化于一炉，是一本原创性、学术性和可读性兼具的大众读物。

上编：唐诗之路的底蕴

上编以著述为主：撰有《"唐诗之路"话诸暨》《诸暨，"浙东唐诗之路"的重要组成部分》《浙江省官方明确：诸暨纳入"浙东唐诗之路建设规划"》《王羲之〈诸暨帖〉曲笔重重》《骆宾王与〈早发诸暨〉》《诗仙李白咏西施》《浙东唐诗品王维》《诗坛盟主，诸暨县尉》《卢纶与诸暨县尉裴均倾诉衷肠》《"元白"竞相秀杭越》《诗僧贯休与诸暨五泄》等14篇文章。同时撰写了关于许浑、丘丹、郭密之、王琚等的唐朝诗话史迹14篇。首次集中反映了王羲之、骆宾王、李白、王维、楼颖、卢纶、严维、皇甫冉、元稹、灵默禅师、良价、贯休等著名诗人和高僧在浙东诸暨的行迹和美妙传说，还追溯了魏晋相关诗文。

中编：唐诗之路的支撑

中编以编注为主：辑录选注与诸暨密切相关，且有诸暨重要元素的323首诗，时间上从魏晋到唐末五代，其中魏晋南北朝12首，唐朝五代311首，收录骆宾王、宋之问、李白、王维、严维、秦系、皇甫冉、刘长卿、卢纶、白居易、元稹、楼颖、良价、鱼玄机、周繇、贯休等100多位诗人作品，还给佛教曹洞宗创始人良价列出专题，既有传世名作，也有散落历史深处的篇章，是首次系统地展示汇编这些唐诗。所有诗作都注明出处，并作了简释。300多首唐诗汇集一册既说明了诸暨是唐诗盛产的高地，也为浙东唐诗之路提供了一本有特色的专著。

下编：唐诗前后的珍珠

下编以唐朝为基点：探究唐诗产生前后的源头和余韵，上溯下延，精选除上编、中编以外关于诸暨的60多首（篇）诗文，主要是孟子、庄子、贾谊、诸葛亮、范仲淹、王安石、苏轼、秦观、岳飞、陆游、杨维桢、王冕、朱元璋、汤显祖、海瑞、徐渭、袁宏道、陈洪绶等历史名人的作品。

关于诸暨的唐诗，宏观可以衡量，微观可以聚焦。最耀眼的主线是："一美一佛一名相，一水二山源流长。"美女、名臣、佛宗，山水、名胜、古迹，自然、人文、宗教，无一不硬核。文化长河川流不息，文人学士加持的"珍珠项链"悄然形成，历史维度明白呈现。全书配有多幅古籍书影，其中有珍稀的宋版。

◎ 唐代越州示意图。越州为浙东核心区,越州所属的诸暨、山阴、会稽、剡县为望县

而好色辛嬖佞以曳心従献美女其必受之惟王選

擇美女二人而進之越王曰善乃使相者國中得苧

蘿山鬻薪之女曰西施鄭旦　會稽志苧蘿山在蕭山

縣苧蘿山西施鄭旦所居十道志苧蘿山賣薪女也

吳王得之諸暨苧蘿山賣薪女地西施山下有浣沙

不飾以羅縠教以容步習於土城　越舊經　會稽縣東大里臨

於都巷三年學服而獻於吳乃使相國范蠡進曰越

王勾踐竊有二遺女越國洿下困迫不敢稽留謹使

臣蠡獻之大王不以鄙陋寢容　貌不揚曰竄通作痠　廣韻痿痺又貌醜或　作佞史魏其傳武安貌侵短小謝醜惡也　願納以供箕箒之用吳王大悦

◎ 东汉赵晔《吴越春秋》载越王勾践于苎萝山索得美女西施、郑旦（《吴越春秋》徐天祐注本卷五）

4

諸暨帖

諸暨始甯屬事自可得如教、丹陽意簡而理遍
屬所無復逮錄之煩爲佳、想君不復須言謝丹
陽亦云此語君

餘姚帖

足下所欲餘姚地、輒勅驗所須輒告

軍府帖

此三項田樂吳舊耳云卿軍府甚多田也宜須
一用心吏可差次忠良

◎ 王羲之《諸暨帖》（《王右軍集》書影）

5

直指南山北即

稽者會計也始以山名因為

至于允常列于春秋允常卒句踐稱王都於會

居黿勞老少康封少子杼以奉禹祠為越世歷殷

稽吳越春秋所謂越王都埤中在諸暨北界山陰

康樂里有地名邑中者是越事吳故北其門以東為

右西為左故雙闕在北門外關北百步有雷門門

壞兩層句踐所造時有越之舊木矣州郡官宇屋之

大禹亦多是越時故物句踐霸世徙邪邱後為越

伐始還浙東城東郭外有靈汜下水十於舊傳下

◎ 郦道元《水经注》关于"越王都埤中"的记载（宋刻本
《水经注》卷四十书影）

又逕永興縣南縣在會稽東北一百二十里也闔

閭弟夫槩之故邑也王芬之餘衍也漢末童謠云

天子當興東南三餘之間故孫權改曰元其縣濵

浙江又東合浦陽江江水之導源烏傷　　又東逕

諸暨縣與浦陽　溪合溪廣數丈中道有　　白山夾溪

《水經四》

造雲壁立凡有三浦浦縣三十餘丈　　　一丈中二

浦不可得至登山遠望乃得見之下浦　　　百餘丈

水勢高急聲震水外上浦懸二百餘丈翠　　　雲垂

此昴瀑布土人號爲浦也江水又東逕諸暨縣南

縣臨對江流江南有射堂縣北帶烏山故越地也

◎　酈道元《水經注》关于诸暨五泄的记载（宋
刻本《水经注》卷四十书影）

早發諸暨

征夫懷遠路　夙駕上危巒　薄煙橫絕巘　輕凍澁迴湍

野霧連空暗　山風入曙寒　帝城臨灞涘　禹穴枕江干

橘柚行應化　蓬心去不安　獨掩窮途泣　長歌行路難

聽然懷楚奏　悵矣背秦關　涸鱗驚照轍　墜羽怯虛彎

素服三川化　烏裘十上還　莫言無皓齒　時俗薄朱顏

曉憩田家

◎ 骆宾王《早发诸暨》（宋刻本《骆宾王文集》书影）

王維

維詩詞秀調雅意新理慊在泉為珠著壁成

繪一句一字皆出常境至如落日山水好漾

舟信歸風又澗芳襲人衣山月映石壁天寒

遠山淨日暮長河急日暮沙漠陸戰聲煙塵

裏

二五九

汈

十一

西施篇

艷色天下重西施寧久微朝仍越溪女暮作吳

宮妃賤日豈殊衆貴來方悟稀要人傅香粉不

自着羅衣君寵益嬌態君憐無是非常時浣沙

伴莫得同車歸寄謝鄰家女効顰安可希

◎ 王维《西施篇》（宋刻本《河岳英灵集》书影）

9

姑蘇臺上烏棲時吳王宮裏醉西施吳歌楚舞歡未
畢青山猶銜半邊日銀箭金壺漏水多起看秋
月墜江波東方漸高奈樂何

烏棲曲

獨宿孤房涙如雨

戰城南

去年戰桑乾源今年戰葱河道洗兵條支海上波放
馬天山雪中草萬里長征戰三軍盡襄老匈奴以殺
戮爲耕作古來唯見白骨黃沙田秦家築城備胡處
漢家還有烽火燃烽火燃不息征戰無已時野戰

◎ 李白《乌栖曲》（宋刻本《李太白文集》卷三书影）

10

西施　吳越

西施越溪女出自苧羅山秀色掩今古荷花羞玉顏

浣紗弄碧水自與清波開皓齒信難開沉吟碧雲間

勾踐徵絕艷揚蛾入吳關提攜館娃宮杳渺詎可攀

一破夫羌國千秋竟不還

王右軍

右軍本清眞蕭灑在風塵山陰遇羽客要此好鵝賓

掃素寫道經筆精妙入神書罷籠鵝去何曾別主人

上元夫人

上元誰夫人偏得王母嬌嵯峨三角髻餘髮散垂霄

裘披青毛錦身著赤霜袍手提嬴女兒閑與鳳吹簫

◎　李白《西施》（宋刻本《李太白文集》卷二十书影）

11

幽燕沙雪地萬里盡黃雲朝吹歸秋鴈南飛日幾羣
中有孤鳳雛哀鳴九天聞我乃重此鳥綵章五色分
胡為雜凡禽雞鶩輕賤君舉手捧爾足疾心若火焚
拂羽淚滿面送之吳江濆去影忽不見躊躇日將曛
送祝八之江東賦得浣紗石〔峽西〕
西施越溪女明豔光雲海未〔一作來〕入吳王宮殿時浣紗
古石〔石一作古〕今猶在桃李新開映古〔奇一作〕查〔一作〕
菖蒲猶短出平
沙昔時紅粉照流水今日青苔覆落花君去西秦適
東越碧山清江幾超忽若到天涯思故人浣紗石上
窺明月
送俠十一〔梁宋〕

◎ 李白《送祝八之江東賦得浣紗石》（宋刻本《李太白文集》卷十五书影）

夜郎天外怨離居明月樓中音信踈北鴈春歸看欲
盡南來不得豫章書

越女詞五首

長干吳兒女眉目艷星月屐上足如霜不著鴉頭襪
吳兒多白晳好爲蕩舟劇賣眼擲春心折花調行客
耶溪採蓮女見客棹歌廻笑入荷花去佯羞不肯來
東陽素足女會稽素舸郎相看月未墮白地斷肝腸
鏡湖水如月耶溪女如雪新粧蕩新波光景兩奇絶

浣沙石上女

玉面耶溪女青蛾紅粉粧一雙金齒屐兩足白如霜
示金陵子一作金陵子詞

◎　李白《越女词五首》《浣沙石上女》（宋刻本《李太白文集》卷二十四书影）

、送竇叔向入京

永結柳楊津從吳去入秦徒云還上國誰爲作
中人驛樹同霜霰漁舟伴苦辛相如求一調詞
賦遠隨身

登石城戍望海寄諸暨嚴少府
平明登古戍徙倚待寒潮江海方回合雲林自
寂寥詎能知遠近徒見蕩煙霄即此滄洲路嗟
君少折腰

和樊潤州秋日登城樓
露晃臨平楚寒城帶早霜時同借河內人是卧

◎ 皇甫冉《登石城戍望海寄诸暨严少府》（宋刻本《皇甫冉诗集》书影）

紅片帆逐落日五湖春誰見汀洲上相思愁白蘋

送嚴維尉諸暨　嚴即越人

爾愛文章遠還家印綬榮退公兼色養臨下帶鄉情喬
木映官舍春山宜縣城應憐懽釣臺石閒却為浮名

留別劉八　嚴維作

中年從一尉自笑此身非道薄甘微祿時難耻息機晨
趙本鄉府畫偃故山厓待見干戈畢何妨更採薇

奉餞元侍御加豫章採訪兼賜章服

任重兼烏府時平偃豹韜澄清湘水竇分　楚山高花
對刑檐發霜和白簡操黃金裝舊馬青草搜新袍嶺暗

猿啼月紅寒驚映濤豫章生宇下無使翳蓬蒿
奉餞郎中四兄罷餘杭太守承恩加侍

◎　刘长卿《送严维尉诸暨》（宋刻本《刘文房集》卷
第八书影）

去去莫懷懷餘杭接會稽松門天竺寺花洞若耶溪浣渚逢

送王協律游杭越十韻

新鑿蘭亭識舊題山經秦帝輦越王棲江樹春常早城

樓月易低鏡澄湖面嶂雲壓海潮齊甫官人戴尊絲姹女

提長干迎客開小市隔烟迷紙亂紅藍壓皖凝碧玉涅荆南

無抵物來日為儂攜

送東川馬逢待御使回十韻

風水荆門闕文章蜀地豪眼青實禮重眉白衆情高思勇嘗

吞筆投虛慣用刀詞鋒倚天劍學海駕雲濤南郡傳紗帳東

方讓錦袍旋吟新樂府便續古離騷雲岸猶封草春江欲滿

槽餞筵君置醴隨俗我餔糟莫嘆巴三峽休驚鬢二毛流年

等頭過人世各勞勞

元氏長慶集卷第十一

◎ 元稹《送王协律游杭越十韵》（嘉靖刻本《元氏长庆集》卷第十一书影）

16

客醉紅茵筆硯行隨手詩書坐透身小才多顧

盼得作食魚人

浣紗廟

吳越相謀計策多浣紗神女　相和一雙笑靨

才田百十萬精兵盡倒戈范蠡功成身隱遁伍

胥諫死國消磨只今諸暨長江畔空有青山號

苧蘿

賣殘牡丹

臨風興歎落花頻芳意潛消又一春應為價高

◎ 鱼玄机《浣纱庙》（宋刻本《唐女郎鱼玄机诗》书影）

添春色鳥逐金針長羽毛蜀錦謾誇聲自貴越

綾虛說價功高可中用作鴛鴦被紅葉枝枝不

礙刀

西施

二十四　甲乙集二

家國興亡自有時吳人何苦進西施西施若解

傾吳國越國亡來又是誰

九

自遣

得即高歌失即休多愁多恨亦悠悠今朝有酒

今朝醉明日愁來明日愁

◎　罗隐《西施》（宋刻本《甲乙集》卷第二书影）

周鏞

周鏞唐末諸暨縣人詩一首

諸暨五洩山

路入蒼煙九過溪九穿巖曲到招提天分五溜寒傾北

地秀諸峰翠挿西鑿徑破崖來木杪駕泉鳴竹落根題

當年老黙無消息猶有詞堂一杖藜

◎ 周镛《诸暨五泄山》(四库全书本《全唐诗》书影)

19

◎ 五代周文矩绘《西施浣纱图》，故宫博物院收藏

唐诗云集的诸暨，竟成了"浙江孤雁"

诸暨西施号　2020-06-23

编者按：

近日，陈侃章先生在朋友圈发现，一些本来写诸暨西施的唐诗，被人移花接木了。他循此线索了解有关材料，更发现浙江省有关单位编制的"四条诗路"文件里，诸暨作为众多唐诗诞生之地，竟完全排除在外，甚至名闻中外的枫桥香榧也变成了嵊州、新昌古道内容。陈先生认为，无论水路、陆路，诸暨均是"浙东唐诗之路"的组成部分。为此，他慨然作文《唐诗云集的诸暨，竟成了"浙江孤雁"》，投书家乡媒体。并声明，本文只写事实，旨在提出可行的规划补救方案，让诸暨有个应有的历史和现实地位，而且是各方面都有利的方案。以期迎合浙江和绍兴市打造文化高地。感谢陈先生情系桑梓，热心可鉴！在此全文编发，希望引起有关各方关注。

唐诗云集的诸暨，竟成了"浙江孤雁"

◎ 2020 年 6 月 23 日，诸暨官方公众号"诸暨西施号"刊发《唐诗云集的诸暨，竟成了浙江孤雁》

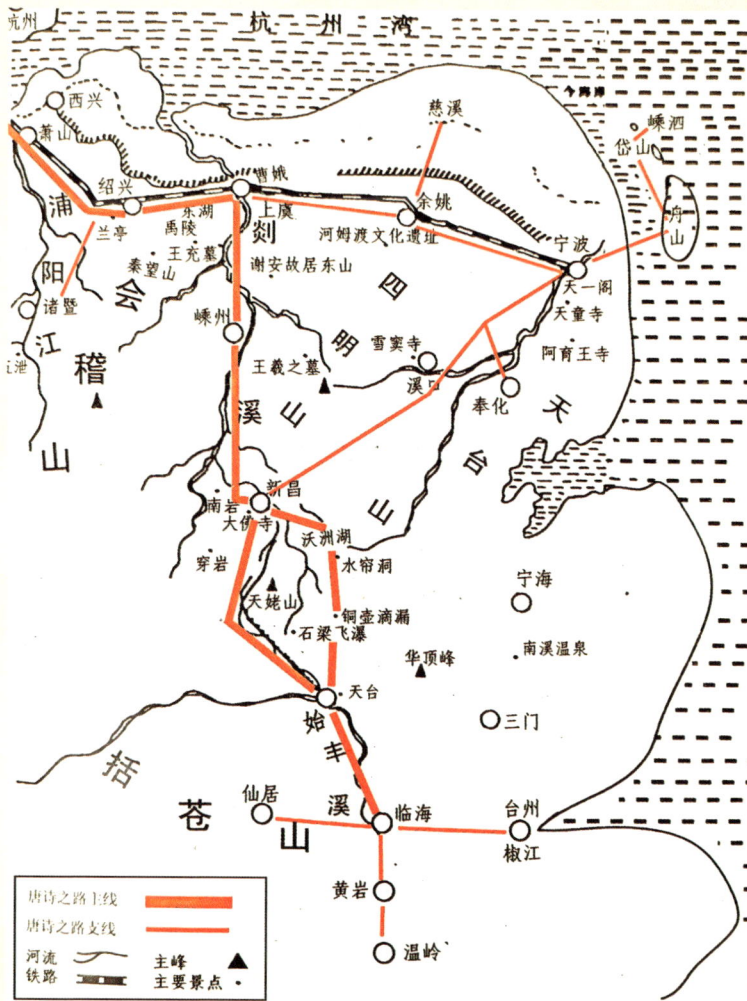

◎ 2003年竺岳兵"唐诗之路"路线图，诸暨为浙东唐诗之路成员

◎ 2019 年省级规划的浙东唐诗之路示意图，漏列诸暨

◎ 2020 年 10 月调整后的省级浙东唐诗之路规划示意图，补入诸暨

浙江省发展和改革委员会

浙发改社会函〔2020〕192 号

省发展改革委关于省政府办公厅 20209569 号公文处理单的办理意见

省政府办公厅：

贵厅转来的浙江省人民政府办公厅 20209569 号公文处理单收悉。经研究，提出如下反馈意见：

2019 年 10 月，省政府印发了《浙江省诗路文化带发展规划》。规划中四条诗路文化带空间范围覆盖全省 11 个地市，体现浙江的文化、生态、气韵、活力之美，形成全省美美共生的生命体。规划将主线和支线直接经过的县市列为沿线主要县市区，并未提出重点县（市）的概念。诸暨市历史悠久、人文荟萃，东临嵊州市，南交浦江县，因其主要地处浦阳江支线范围，故在规划中列入钱塘江诗路主要县市区，同时也纳入浙东唐诗之路建设范围。

2020 年 4 月，我省四大建设领导小组办公室印发《浙东唐诗之路建设三年行动计划（2020-2022）》，把浙东唐诗之路作为四条诗路建设的重点并率先启动实施。浙东唐诗之路主要以曹娥江—剡溪—椒（灵）江为主线，包括宁波（奉化、余姚）—舟山支线，覆盖宁波、绍兴、舟山、台州等行政区域，诸暨市包括在此覆盖范围之内。诸暨的香榧古道列入了浙东唐诗之路文化旅游地图，西施故里列入了名人文化分布图。

下一步，我委将根据《浙东唐诗之路建设三年行动计划（2020-2022）》的具体要求，加快推进浙东唐诗之路，同时启动另外三条诗路的建设。建议诸暨市认真谋划诗路建设重大项目，积极参与诗路百珠培育建设等工作。我委将会同有关部门加强对诗路沿线地区的服务指导，着力将诗路文化带打造成为大花园建设的示范性引领工程。

浙江省发展和改革委员会

2020 年 8 月 17 日

（联系人：俞洁；电话：87051720）

抄送：省财政厅，诸暨市人民政府。

◎ 浙江省发展和改革委员会 2020 年 8 月 17 日发出公函，主报省政府办公厅，抄送省财政厅、诸暨市人民政府，函中明确：诸暨纳入浙东唐诗之路建设规划范围，其中诸暨的香榧古道、西施故里为浙东唐诗之路节点

◎ 2020 年 11 月 22 日，省级官媒首次发文：诸暨是浙东唐诗之路重要成员。见《钱江晚报》刊发之《唐诗之路话诸暨》

◎ 骆恒光手书骆宾王《早发诸暨》

诸暨，浙东唐诗之路重要节点（序）

胡可先

陈侃章、余文军先生《唐诗之路话诸暨——诸暨唐诗三百首》即将出版，我有幸作为最早的读者，书写一下读后的感想。

"浙东巨邑，婺越通衢"，这是诸暨地理的恰当定位，也是诸暨文化的核心凝聚。相传禹至大越，上苗山以集诸侯，定名"诸暨"。夏帝少康封庶子无余于越，诸暨归属越地。秦王嬴政二十五年（前222），设立会稽郡，并于郡中置诸暨县。西汉至魏晋南北朝，郡县屡更，时相分合，诸暨所属，仍以会稽郡最长。唐时诸暨属越州管辖，光启三年（887）更名"暨阳"，吴越天宝三年（910）复为"诸暨"。历宋元明清，诸暨作为浙东巨邑，沿革有序。诸暨史事与著名人物，史籍记载不断。《越绝书》《吴越春秋》所载西施、郑旦、范蠡、文种，万古流芳。王羲之《诸暨帖》辉耀千载："诸暨、始宁属事，自可得如教。丹阳意简而理通，属所无复逮录之烦为佳。想君不复须言谢，丹阳亦云此语君。"树立起诸暨文化的高标。诸暨为浦阳江干流所经之地，自婺州发源，向北汇入钱塘江，自古交通便利，商贾云集，晋谢惠连"昨发浦阳汭，今宿浙江湄"的诗句便是一个例证。

唐代文化繁盛，诗歌臻于巅峰，诸暨成为诗人的集中漫游之地，是浙东唐诗之路的重要关捩点。"初唐四杰"之一骆宾王《早发诸暨》云："薄烟横绝巘，轻冻涩回湍。野雾连空暗，山风入曙寒。帝城临瀔浂，禹穴枕江干。"描摹诸暨山水，融景入画。诸暨人物，西施居首，唐诗吟咏，佳篇迭出。大诗人宋之问《西施浣纱篇》："岸花羞慢脸，波月敖颦眉。君将花月好，来比浣纱时。"大诗人王维《西施咏》："艳色天下重，西施宁久微。朝为越溪女，暮作吴宫妃。"诗坛泰斗李白《西施》："西施越溪女，出自苎萝山。秀色掩今古，荷花羞玉颜。浣纱弄碧水，自与清波闲。"女诗人鱼玄机《浣纱庙》："一双笑靥才回面，十万精兵尽倒戈。范蠡功成身隐遁，伍胥谏死国消磨。只今诸暨长江畔，空有青山号苎萝。"诸暨古诗，迄今留下数百上千首，铸就了诸暨文化的宝库，传承了浙东诗路的文脉。

《唐诗之路话诸暨——诸暨唐诗三百首》以上中下三编的篇幅，揭示了"唐诗之路的底蕴"，奠定了"唐诗之路的支撑"，串起了"唐诗"前后的珍珠。其贡献突出表现在三个方面。

一是呈现了诸暨唐诗"一美一佛一名相，一水二山源流长"的格局。"一美"即西施，苎萝山下浣纱江畔的西施故里成为诸暨形象的地标。"一佛"即良价，良价禅师为诸暨人，初就近出家于五泄禅寺，后为唐代佛教曹洞宗的创立者。"名相"即范蠡，扶助越王勾践兴越灭吴，成就大业，传说功成后乘扁舟浮于江湖。"一水"指浣江，又称越溪、浣纱江，相传为西施浣纱之地。"二山"指苎萝山和五泄山，苎萝山因"林木葱郁，苎麻丛生"而得名，古往今来与美女西施融为一体，李白"西施越溪女，出自苎萝山。秀色掩今古，荷花羞玉颜。浣纱弄碧水，自与清波闲"，就是苎萝山的最佳写照。五泄山是诸暨名山，因瀑布从山巅崖壁飞流而下，折为五级，故称"五泄"，郦道元《水经注》记述甚详。唐人周镛"天分五溜寒倾北，地拥诸峰翠插西"的诗句，就是五泄山的生动再现。

二是辑录选注与诸暨密切相关的诗歌323首，反映了诸暨唐诗的总体风貌。这是诸暨诗歌最全面的辑集和最系统的整理，其中辑集魏晋南北朝诗12首，唐诗311首，举凡李白、杜甫、骆宾王、宋之问、王维、孟浩然、元稹、白居易等一流诗人尽列其中。具体诗作则按诸暨名胜名人分类编选，其中选录 10 首以上者就有：诸暨、五泄、浣纱石、浣江、西施、范蠡、勾践、良价。而关于西施的选诗达上百首之多。这些诗歌印证了诸暨名人辈出的文化积淀和底蕴深邃的审美境界。

三是对于诸暨的重要诗人诗作诗事做了精湛的研究。诸如《唐诗之路话诸暨》《诸暨，"浙东唐诗之路"的重要组成部分》对诸暨在浙东唐诗之路上的地位做了准确的衡定；《骆宾王与〈早发诸暨〉》对骆宾王的诸暨名篇做出了细致的解读；《诗仙李白咏西施》对李白咏叹西施诗歌的意蕴做出了精当的阐发；《浙东唐诗品王维》对王维的浙东诗作做出了精确的评说；《诗坛盟主，诸暨县尉》对严维的诗坛地位做出了充分的肯定。同时对王羲之、骆宾王、李白、王维、卢纶、刘长卿、皇甫冉、元稹等写诸暨的相关诗文作了系年系地的考证，很有见地。这样就形成了一部独具特色的诸暨诗歌史，汇入了"浙东唐诗之路"的殿堂。

我与陈侃章先生神交已久，盖因二十年前阅读其《苎萝西施志》，既感佩于陈先生搜罗西施事迹之全与统摄之精，又赞叹于著名学者陈桥驿先生所撰长序对西施研究高屋建瓴的评述。我们的正式交往，缘起于中山大学黄仕忠教授的联络。去年 6 月，黄教授将《唐诗云集的诸暨，竟成了"浙江孤雁"》一文转发给我，我当即回复说："陈侃章先生《唐诗云集的诸暨，竟成了"浙江孤雁"》文章写得很有说服力，诸暨肯定是'浙东唐诗之路'的重要组成部分。我去年 10 月份在浙江萧山举办的有关渔浦与唐诗会议上就发表过专门论述'浙东唐诗之路'起点渔浦的论文，以为在南朝到唐代，渔浦作为'浙东唐诗之路'的起点，留下的诗歌都很多。由渔浦经诸暨，再到婺州、永嘉是唐诗之路的重要路线。'浙东唐诗之路'不仅仅是竺岳兵先生所说的从越州到天姥山、天台山一条，还有就是经过诸暨一条与再到明州出海的一条。这样就更全面一些。宋代以后因为浦阳江改道，渔浦潭逐渐淤泐，因此，当代学者研究唐诗之路，常常忽视诸暨这条道路。读了陈侃章先生的文章很受启发，以后也要更加宣传唐诗之路上的诸暨。谢谢黄老师提供重要文章。"

　　陈先生还联络多位学者、官员和地方政府努力呼吁，使得浙江省委省政府将诸暨补列"浙东唐诗之路"的建设规划之中，浙江省发展和改革委员会还专门发了〔2020〕192号文件。今年4月11日，陈侃章与余文军先生的这部著作即将杀青，两位作者邀请我和浙江大学陶然、杨琼二位老师相与讨论，我们才正式晤面。由此了解到陈侃章先生入学于杭州大学七七级历史系，曾亲炙于黎子耀、徐规、黄时鉴、陈桥驿、徐朔方、吴熊和等先生，于传统文化研究具有深厚的根基。余文军先生与我的师弟陶然教授为同年级研究生，后来供职于浙江文艺出版社，成为积累深厚的学者型编辑。陈、余二人精诚合作，撰成该著，堪称诸暨研究之功臣，洵为唐诗之路之力作。深信此著的问世，一定会对浙江诗路文化带研究与建设产生很大的推动作用。

胡可先

2021年5月1日写于浙江大学

　　（胡可先，浙江大学中文系系主任，浙江大学求是特聘教授，博士生导师，著名唐诗研究专家，兼任中国唐诗之路研究会副会长）

凡　例

一、本书主要内容分为三编。上编《唐诗之路的底蕴》以著述为主，包含论述浙东唐诗之路及浙东巨邑诸暨作为浙东唐诗之路重要枢纽节点的文章14篇，追溯晋韵唐风，撷取诸暨唐诗渊源所自的史志文集资料29则，介绍作为唐诗吟咏对象最为集中的西施古迹6处，专论西施文化坐标"苎萝山"的文章1篇，唐代涉及诸暨的诗话14则。中编《唐诗之路的支撑》以编注为主，辑录与诸暨密切相关，且有诸暨重要元素的魏晋南北朝诗12首，唐朝五代诗词311首，又为曹洞宗创始人良价列了专题。下编《唐诗前后的珍珠》上溯下延，探究唐诗产生前后源头和余韵，精选除上编、中编内容以外，关于诸暨诗文的60多首（篇）名人名作，迄于清代。

二、各板块纂辑的文献、诗词，其编次以板块内作者的生年前后为序。作者生年不明的，参考大型文献及新的研究成果，斟酌排序。先秦两汉魏晋南北朝时期作者编次，主要参考文学史及逯钦立所纂《先秦两汉魏晋南北朝诗》《先秦两汉魏晋南北朝文》；隋唐五代作者编次，主要参考文学史及《全唐诗》《全唐文》。

三、节录的文献，为突出其诸暨元素而难以利用原有篇题的，由编者选取其中的关键词语为题，不在注中一一点明。

四、所录诗词原有标题，为了让读者明了所录诗词的诸暨元素，编者抽取诗词中的关键词、句，置于原标题之后，两者之间加间隔号加以标示，在注中不再一一说明。

五、纂辑的文献、诗词分别注明出处，以通行本书名、卷次为依据，必要时点明版本依据。

六、作者介绍，务求简要，同时按照注前不注后原则，只在该作者首次出现时作注说明。

七、南北朝及以前的文献与诗歌，其文字以逯钦立所纂《先秦两汉魏晋南北朝诗》《先秦两汉魏晋南北朝文》为依据，适当参考《文选》《玉台新咏》及作者个人文集，择善而从。隋唐五代的文献、诗词，其文字以四库全书本《全唐诗》《全唐文》为依据，适当参考作者个人诗文集，择善而从。宋及以后的文献、诗词，其文字以作者个人文集为主要依据，适当参考地方史志。

目　录

1

18

上 编

"唐诗之路" 的底蕴

·

"浙东唐诗之路"是一个年轻的文化概念，从民间提出到学界认同，再到官方规划打造，历时三十年左右。"浙东唐诗之路"的地理范围是：浦阳江流域以东、括苍山脉以北至东海。这当中，唐朝越州七县会稽、山阴、诸暨、剡（新昌、嵊州）、余姚、萧山、上虞兼及天台山是"浙东唐诗之路"的核心区域。作为越州望县的诸暨是"浙东唐诗之路"当然的重要成员。

溯源诸暨，其境内埤中、大部、勾乘等地先后为越国古都。秦始皇当年由富阳钱塘江狭窄处跨江入诸暨，经此往会稽祭大禹。历史迂回向前，诸暨近邻富阳孙氏开创吴国，诸暨的文化经济自然近水得月。烟雨楼台的南朝，逐渐汉化的佛教，那些文化、艺术、军事领域的标杆家族流寓浙东，给包括诸暨在内的越州带来经济、人文融合发展，隋唐时期的浙东和诸暨文化重新焕发青春，翻开了新的篇章，诸暨也由此奠定了"浙东巨邑，婺越通衢"的历史定位。

然而，对这一历史文化事实却有一个肯定—否定—再肯定的认识过程。这个逻辑说明：即使是事实，有时也会被行政否定；否定以后，有理有据地争取，执掌者总会兼听则明，最终还会认可肯定。

为述论诸暨是"浙东唐诗之路"重要节点的这一客观事实，需要稍显其烦地普及常识再加以学术陈述。本编所收的系列文章，从理论和实际角度对此作了较详细阐释。这些文章在不长的时间内先后发表于不同媒体，但当汇总到本书后发现，文中若干内容有重复之处。为保持原貌，维护行文的原始性和完整性，不再改动，敬请读者谅解。

本编当中的史迹诗话、晋风唐韵，也是悉心编撰辑集。从这些经纬交织的历史地理中，可以窥见诸暨作为"浙东唐诗之路"高地的深厚底蕴。

浙东巨邑　婺越通衢

唐诗云集的诸暨，竟成了"浙江孤雁"

诸暨，素为浙东巨邑、婺越通衢，独特的历史只此一家，秀美的风景别有天地，唐诗晋韵密集产生于此并非偶然。然岁月凝结而成的这个"浙东唐诗高地"，如今竟成"离群孤雁"，令人喟然叹息！

一、独一无二的历史文化

诸暨设县始于秦始皇二十五年（前222），以此为基点上溯一千八百年左右，境内有文字可查的埤中、大部、勾乘，先后为越国都城所在，诸暨是名副其实的越国发祥地之一。勾践雄才大略，将越国都城从诸暨山麓迁到冲积平原会稽（今绍兴），以利开疆拓土，十年生聚，十年教训，最后灭吴称霸。

诸暨设县，走到公元2020年的今天，已整整二千二百四十二年！沧海桑田，朝代更迭，诸暨始终声望卓著，名头响亮。不必去查证中国他地是否有这种独特历史，但放眼浙江，还真没有第二个地方既是古国都城，又有二千二百多年未曾中断的立县历史。

秦始皇宣扬威严，曾到达诸暨和会稽。传说李斯在会稽刻石纪功，立碑于会稽刻石山之顶。东汉《越绝书》《吴越春秋》多处记载越国古地诸暨史事和西施、郑旦、范蠡、文种的相关文字。东晋王羲之迁居会稽后常到诸暨游玩，在浣纱溪畔、苎萝山下，留下令人津津乐道的美妙故事，所书《诸暨帖》曲笔重重，"浣纱"摩崖世传为王羲之手笔。北宋《太平御览》载及苎萝山下有王羲之墓，孙兴公为文，王献之书碑，聊存一说。南朝宋代孔灵符长年任会稽太守，所纂《会稽记》引用古籍，多处多次提到西施、郑旦是勾践从诸暨苎萝山选中而后入吴。北魏郦道元《水经注》写诸暨五泄浓墨重彩。唐朝天台山高僧灵默禅师在五泄建立三学禅院，成江南名刹。曹洞宗创始人、唐朝诸暨人良价就在五泄剃度出家。元俨、慧忠等一批高僧汇集诸暨，诚为名驰禅林之地。

二、唐诗云集的高峰之地

自古迄今，诸暨同绍兴（会稽）的行政区域始终捆绑在一起，一直是会稽郡、越州、绍兴府所属，须臾未分离。由于诸暨曾是古越都城，又为范蠡封地，享有盛名的西施故里，风光无限的五泄山水，吸引文人墨客纷至沓来，留下了丰盈的诗韵文墨。诸暨的人文典故、诸暨的绿水青山都进入了唐诗，这是诸暨进入唐诗之路的典型标志。在这里先不去追溯王羲之、郦道元的文字，单以唐诗而论，关于诸暨的众多诗篇，作者有大名鼎鼎的骆宾王、宋之问、王昌龄、王维、李白、元稹、白居易、刘禹锡、严维、秦系、鱼玄机、施肩吾、陆龟蒙、皮日休、罗隐、楼颖、皎然、崔道融等，在此先列举12首诗以见一斑，大量的唐诗文赋将分专题选录。

骆宾王《早发诸暨》："征夫怀远路，夙驾上危峦。薄烟横绝巘，轻冻涩回湍……"

李白《送祝八之江东，赋得浣纱石》："西施越溪女，明艳光云海。未入吴王宫殿时，浣纱古石今犹在……若到天涯思故人，浣纱石上窥明月。"

李白《西施》："西施越溪女，出自苎萝山。秀色掩今古，荷花羞玉颜。浣纱弄碧水，自与清波闲。"

项斯《题太白山隐者》："高居在幽岭，人得见时稀。写箓扄虚白，寻僧到翠微。扫坛星下宿，收药雨中归。从服小还后，自疑身解飞。"

施肩吾《越溪怀古》："忆昔西施人未求，浣纱曾向此溪头。一朝得侍君王侧，不见玉颜空水流。"

王维《西施咏》："艳色天下重，西施宁久微。朝为越溪女，暮作吴宫妃……当时浣纱伴，莫得同车归。持谢邻家子，效颦安可希。"

卢纶《送姨弟裴均尉诸暨》："相悲得成长，同是外家恩。旧业废三亩，弱年承一门。城开山日早，吏散渚禽喧。东阁谬容止，予心君冀言。"

鱼玄机《浣纱庙》："吴越相谋计策多，浣纱神女已相和。一双笑靥才回面，十万精兵尽倒戈。范蠡功成身隐遁，伍胥谏死国消磨。只今诸暨长江畔，空有青山号苎萝。"

张蠙《经范蠡旧居》："一变姓名离百越，越城犹在范家无。他人不见扁舟意，却笑轻生泛五湖。"

秦系《赠诸暨丹丘明府》："荷衣半破带莓苔，笑向陶潜酒瓮开。纵醉还须上山去，白云那肯下山来？"

崔道融《西施滩》："宰嚭亡吴国，西施陷恶名。浣纱春水急，似有不平声。"

周镛《诸暨五泄山》:"路入苍烟九过溪,九穿岩曲到招提。天分五溜寒倾北,地秀诸峰翠插西。凿径破崖来木杪,驾泉鸣竹落榱题。当年老默无消息,犹有词堂一杖藜。"

以上所列的诗作地点、人物、史事、风俗、景点一一落实,其中骆宾王、宋之问、李白、王维、白居易、元稹、鱼玄机、施肩吾、楼颖、皮日休、罗隐等不但是唐朝诗人的翘楚,而且所写关于诸暨的诗歌,也是唐代诗海里的名篇佳作,脍炙人口,汇入了中华诗词宝库。

说诸暨是孕育唐诗的高地之一,并非夸张,如此多的唐朝文人墨客吟咏诸暨的人文山水,不能不让人赞叹。

三、现所提"浙东唐诗之路"的新颖和不足

"浙东唐诗之路"诞生于二十世纪九十年代初,是一个逐渐成型且年轻的文化概念,首倡者为新昌旅游公司的竺岳兵先生。他颇有见地,将漫游浙东的唐朝诗人归纳为"壮游""宦游""神游"等几大类。毋庸讳言,"唐诗之路"最早提出更多是从旅游角度考虑的。竺先生当初提出"剡溪是唐诗之路"的范围,主要是沿剡溪的新昌天姥至天台石梁段,尚未涵盖浙东。第二阶段则延伸至绍兴古城,自镜湖向南经曹娥江,入剡溪,再溯流而上,经新昌天姥至天台石梁,几乎涵盖了今绍兴市全境和台、甬部分区域,从"剡溪"变成了"浙东"。第三阶段,范围又扩大延伸,从萧山西陵(今西兴)起,沿浙东大运河到绍兴古城,然后再接前面的路线,这一线的唐诗充沛丰茂。然沧海桑田到现在,唐诗中的不少地名元素已无法对应或已消失,原来的水路或者改道或者干涸,有些已不通航,实体景点不是很多,所以将"浙东唐诗之路"作为整体品牌推出,以历史人文作基石,实在是高明一着。

故而，对于竺先生还有邹志方先生对"浙东唐诗之路"概念的创立，传播弘扬，理应致以高度的敬意。

"浙东唐诗之路"如今作为浙江省的整体规划，且重点说明这条"唐诗之路"是水运通道，这就与当初所提"剡溪是唐诗之路"在时空和内涵上发生了巨大的变化。所以有必要厘清这条"浙东唐诗之路"涵盖的区域，才能说清原委。这里先简述"浙东""越州""会稽山水"这三个重要载体。

1. 何谓"浙东"：从地理区域上来说很简单，即以钱塘江为界，以东的叫"浙东"，以西的叫"浙西"。因唐朝江南道浙东观察使驻节越州（今绍兴），有时又以越州指代浙东。

2. 何谓"越州"：唐朝越州，先有六县，后有七县，依次为"望、紧、上"三个等级，其中诸暨、山阴、会稽、剡（含今嵊州、新昌）为"望"，萧山、余姚为"紧"，上虞为"上"（见唐李吉甫《元和郡县图志》）。现今，昔日唐朝越州范围内的余姚、萧山分别划到宁波、杭州行政区域，其他各县市依然隶属浙东核心区域的绍兴市。

3. 何谓"会稽山水"：会稽山横跨诸暨、嵊州、新昌、绍兴、上虞以及东阳北境等地，主峰东白山因相传李白到过，又名太白山，坐落在诸暨、东阳、嵊州之境，为三地所共享。会稽之水主要指今绍兴市境内的浦阳江（浣江）、剡溪、若耶溪、曹娥江、浙东运河、镜湖等。

搞清楚上述概念，有助于理解浙东唐诗是如何产生的。

其一，从北边进入浙东的唐朝诗人，在钱塘江向东入浙东运河，乘船辗转入剡溪，这是现今省里设计规划的"浙东唐诗之路"唯一通道。

其二，从钱塘江进入浙东，并非仅以上这一水运通道，浙东大地上还有极为重要的钱塘江—浦阳江通道，即很多商旅行人从北向南，由钱塘江等地，溯浦阳江到达诸暨，再下金华往东转温闽。反向亦然。早在南朝宋诗人谢惠连笔下就有"昨发浦阳泝（沏，水湾），今宿浙江湄"的诗句。谢惠连自南而北，经过"从昨到今"才从浦阳江进入浙江（钱塘江）。稍后何逊的诗作题名就是《入东经诸暨县下浙江》，也是由南往北，清晰说明经浦阳江接钱塘江这一通道。王勃经浦阳江转至南昌是自北往南。王勃在写《滕王阁序》名篇前，在越州居住了好长一段时间。唐高宗上元二年（675），王勃从越州出发，取道浦阳江、余江而到洪州（南昌），再南下广州、交趾（竺岳兵《唐诗之路唐代诗人行迹考》25页）。李白则有"涛落浙江秋，沙明浦阳月"的诗句，诗中所述行迹也是从北到南，在钱塘江乘秋涛之舟，抵浦阳江时，已沙滩明月，"涛落"与"沙明"相对，"浙江秋"与"浦阳月"映衬，真是一位浪漫的大诗人。而浦阳江（浣江）这条"唐诗水路"至今依然通航。浙江大学中文系系主任胡可先教授早就注意到自钱塘江溯浦阳江、经诸暨至金华这一唐诗水运通道，并付诸文章。

其三，本在浙东的诗人，不管是越州本地（包括诸暨）人，还是已在越州任职的官员及修行僧侣，就不一定走以上两条水运通道。他们随性所至，兴趣横溢，行走可水可陆，大量诗文在陆地上盘桓产生，如著名的兰亭雅集、"浙东联唱"等产生了大量的诗歌，还结集而成《大历年浙东联唱集》。浙东诗坛盟主、"浙东联唱"的主要组织者之一严维，长时间任诸暨县尉。这些本地诗人才是"浙东唐诗"的"主力部队"，而"浙东唐诗之路"现在的研究对此恰恰有所疏忽。

其四，"婺越通衢"的诸暨，显然是"浙东唐诗之路"陆水交织的重要节点。如从诸暨五泄禅寺出发东经西施故里、枫桥、兰亭、越州再转明州（宁波）、台州，这是东西通道。竺岳兵先生曾为此画出了诸暨到兰亭、绍兴的"浙东诗人行迹线路图"。由钱塘江入浦阳江，从杭州出发，经永兴（萧山）、诸暨、东阳、义乌、婺州（金华），再往温州、闽越，这是南北通道。以上反向亦然。像灵默禅师从天台山来五泄建禅院，良价从五泄往江西面壁等，当是如此往返。还有骆宾王、王维、李白、鱼玄机、崔颢、严维、秦系等都在诸暨大地上留下多首诗篇。骆宾王在诸暨行走时，感慨万千流笔端，写出《早发诸暨》："征夫怀远路，夙驾上危峦……野雾连空暗，山风入曙寒。"文笔清丽脱俗，心情美景交融，诚不愧名人名篇。也有学者说这是骆宾王被贬为临海丞上任时住在诸暨，其行走线路是"告别故乡亲友，过诸暨，经越州、剡县到临海上任"（《唐代文学研究》第六期）。

剡溪这条水运"浙东唐诗之路"，毫无疑问是产生浙东唐诗的一条非常重要的通道，但不能脱离历史和地理实际，去夸大整个浙东的唐诗都产生于此。打个比方，登会稽山主峰东白山，从诸暨、嵊州、东阳三个县市都可以；即使在诸暨上山，也有从陈宅镇、东白湖镇廖宅及八石畈三个通道可上。同样的道理，我们不能把本不是在剡溪通道上产生的浙东唐诗，也强行纳入剡溪范围。这就不由自主地忽略了浙东其他水陆通道产生的唐诗，颇类以今人的斗室思路，去校核唐朝众多诗人广阔天地的行踪。这对开展学术研究、弘扬唐诗文化会带来负面影响。以上所列举的各家唐诗产生在浙东各地，但并不是都产生在剡溪这一水运通道上，这已够说明问题了，类似的诗句还有很多。

四、诸暨，为何被抛出"浙东唐诗之路"

近期偶然看到友人在微信上推介"浙东唐诗之路"，于是关注了相关专著。竺岳兵先生主编的《唐诗之路综论》是"浙东唐诗之路"的开山之作，该书第4页列出"浙东唐诗之路"西起诸暨浦阳江流域，在第18页列出越州"浙东唐诗之路"的西陵、镜湖、兰亭、五泄等33个景点，这些都包含着诸暨的五泄等地。竺岳兵先生的《唐诗之路唐诗总集》虽然漏列诸暨名下不少唐诗，但也列出了30首。浙江大学和树人大学林家骊教授在《光明日报》上发表《浙东唐诗之路上的诗歌创作》时，就重点列举了骆宾王《早发诸暨》作佐证。"浙东唐诗之路"的研究者都认为"浙东唐诗之路"的区域是浦阳江流域以东、括苍山脉以北至东海这一地区。而诸暨全境完完整整地处在这一范围之内。

2019年10月，浙江省有关部门编制下发了"浙东唐诗之路""钱塘江诗路""大运河诗路""瓯江山水诗路"四条诗路的文件。这个文件极为重要，规划时间近期在2022年，远期至2035年，对所规划的四条诗路有政策支持、资金投入、组织协调、人才支撑、对外合作、遗产申报、出书宣传、税收减免等，可谓不尽优惠滚滚来。

纳闷和不解的是，这四条诗路基本顾及了浙江省众多县市，恰恰忽视（或遗漏）诸暨这个浙东重镇的历史地理、现实乃至行政区域。

现将所规划的四条诗路粗线道来。

因"大运河"和"瓯江山水"两条诗路与诸暨不接壤，此处不论。"钱塘江诗路"为钱塘江主流所经，在附件中画出了一条细细的浦阳江支流线条，可谓对诸暨浅浅一笑，然后倏忽不见。

该规划将诸暨全境完全排除，无论正文与附件，都没有诸暨任何实际内容、任何实体景点，这样就割裂了历史文化传承，忽视了客观存在与史实，说生生切割了诸暨与浙东的文化脉络并非虚言。

诸暨是浙东的历史文化高地，如古越文化、西施之路、五泄山水、枫桥人文，以及上面提到的从钱塘江溯经浦阳江的水运通道。可如今规划的"浙东唐诗之路""古越文化高地""经典古道"统统都没有诸暨的踪影。再说枫桥香榧，本是中国香榧发源地，质量、产量、影响均首屈一指，名播中外，可规划的"香榧古道"竟然只有"柯桥、嵊州、新昌的香榧古道"，把会稽山核心区的正宗枫桥香榧，完全抛出浙东圈外，显然忽视了历史的真实性。

诸暨的唐诗文墨、风物特产无家可依，成了"浙东唐诗"的孤岛，成了"离群孤雁"，成了浙江"四条诗路""十个高地""十大经典古道"的吃瓜群众，让独具历史文化特色的诸暨这个浙东巨邑情何以堪！以上情况是否如此，从2019年10月公开发布的"浙江四条诗路"文件查核就可知晓。

既然冠名"浙东唐诗之路",无疑应将浙东大地上产生的唐诗都全部纳入,这天经地义。这样做并非难事,也容易解决,例如可以点块结合,以区块分出"浙东唐诗之路"中的绍兴篇、嵊州篇、新昌篇、诸暨篇、上虞篇以及萧山篇、余姚篇等,再以钱塘江至浙东运河、剡溪,钱塘江入浦阳江至婺州这两条水道纵向串联。点块结合,经纬交织,山川融合,就组成了完整的"浙东唐诗之路",既符合历史和现实,又吸纳了"浙东唐诗"的全部内容。

显然,"浙东唐诗之路"从2019年10月起,已从宣传呼吁、学术研究发展成由政府主导的综合规划开发,已超出旅游线路范畴,从而对整个区域有实质性的提升,这就关系到进入和未进入规划所在区域的方方面面。因而修订出符合实际的规划,既迎合打造浙江文化大省的美好要求,又利于调动各方力量,统筹谋划开发。皆大欢喜的事情,何乐而不为呢?只有以"带状合抱",才不会遗漏浙东其他水路、陆路产生的所有"浙东唐诗"。这方面,"中国丝绸之路"的提法很值得借鉴。

规划当然不等同于实施,是可以调整补充的,但如规划都进入不了,就名不正言不顺。有关部门的"遗珠之憾"已经存在,故而诸暨朝野应持之有据地尽快做好规划建议补救工作,承担起历史和现实赋予的重任。一个地方不能做离群孤雁,一方故土的唐诗文韵,只有汇入大海才显浩瀚!全方位的融合,物质、精神、文化、历史、现实、未来一个都不能缺少,缺了其中一环,都不是真正的融合。深信各级行政部门都会重视和注意这一点。(2020年6月23日,本文首发于诸暨官方公众号"诸暨西施号")

诸暨，"浙东唐诗之路"的重要组成部分

《唐诗云集的诸暨，竟成了"浙江孤雁"》2020年6月23日在诸暨官方公众号"诸暨西施号"发出后引起巨大反响，不说普通民众，连众多"浙东唐诗之路"的研究专家也异口同声：诸暨当然是"浙东唐诗之路"的重要组成部分，如果不进入"浙东唐诗之路规划"，是难以想象的，也完全偏离了历史和现实。

"浙东唐诗之路"的规划本身是弘扬传统文化、开拓未来的重大举措，不能因某些具体操作者一时疏忽，去生生割裂文化传承。这里列出几位"浙东唐诗之路"专家教授的意见，而这几位专家学者又是当今"浙东唐诗之路"研究的"主力选手"和发起地的主力成员。

（一）浙江大学中文系系主任、浙江大学求是特聘教授、博士生导师，"浙东唐诗之路"研究专家胡可先教授说：

> 陈侃章先生《唐诗云集的诸暨，竟成了"浙江孤雁"》文章写得很有说服力，诸暨肯定是"浙东唐诗之路"的重要组成部分。我去年10月份在浙江萧山举办的有关渔浦与唐诗会议上就发表过专门论述浙东唐诗之路起点渔浦的论文，以为在南朝到唐代，渔浦作为浙东唐诗之路的起点，留下的诗歌都很多。由渔浦经诸暨，再到婺州、永嘉是唐诗之路的重要路线。"浙东唐诗之路"不仅仅是竺岳兵先生所说的从越州到天姥山、天台山一条，还有就是经过诸暨一条与再到明州出海的一条。这样就全面一

些。宋代以后因为浦阳江改道，渔浦潭逐渐淤沏，因此，当代学者研究唐诗之路，常常忽视诸暨这条道路。读了陈侃章先生的文章很受启发，以后也要更加宣传唐诗之路上的诸暨。谢谢黄老师（指中山大学博士生导师黄仕忠教授）提供重要文章。

（二）浙江大学中文系教授、博士生导师，浙江树人大学特聘教授，"浙东唐诗之路"研究专家林家骊教授说：

您（指原省委机关工委副书记、巡视员周健）传来的陈侃章先生《唐诗云集的诸暨，竟成了"浙江孤雁"》一文业已拜读，逻辑清晰，论证详实。诸暨从各方面来说，都是"浙东唐诗之路"上的重要一环。就地域归属论，诸暨曾是古越都城，与绍兴（会稽）一并归属于越州，无疑是"浙东"的组成部分。就文化底蕴论，诸暨是越国的发祥地之一，历史名人如范蠡、文种、王羲之皆于此地留下故事，尤其是西施与范蠡的传说，千载流传。就诗歌创作论，诸暨境内的五泄山水，吸引无数文人挥毫落墨，我不久前在《光明日报》曾发表《"浙东唐诗之路"上的诗歌创作》一文，里面就提到了骆宾王的《早发诸暨》，即是书写诸暨山水的名篇。唐代名家关于诸暨的这类文学创作不胜枚举。由于"浙东唐诗之路"的启动尚在早期阶段，故而有许多尚待规划、修正、补充的地方，希望相关部门引起重视，不要忽略了诸暨在"浙东唐诗之路"上应有的价值。

（三）宁波大学教授、博士生导师，"浙东唐诗之路"研究专家龚缨晏教授说：

拜读了陈侃章先生《唐诗云集的诸暨，竟成了"浙江孤雁"》一文，请朴民兄（即中国人民大学教授、博士生导师黄朴民）放心，我也会把这篇文章再转给深有研究的友人。省里规划的"浙东唐诗之路"漏了诸暨确实不应该……对此事我会帮着呼吁，但主要还得靠诸暨人自己去努力。诸暨应找到做此事的有力人选作补救。

（四）浙江省文化与旅游厅专家组成员、绍兴市越文化研究会会长鲁锡堂先生说：

看到了陈侃章先生《唐诗云集的诸暨，竟成了"浙江孤雁"》一文，现"浙东唐诗之路"确实不应遗漏诸暨。在北方人充满惊奇的眼神里，"江湖与城阙，异迹且殊伦"（唐玄宗），越州无疑是浙东唐诗之路最主要的目的地。唐人到了越州（今绍兴市），肯定要四处走走的。就像我们现在去大唐古都西安，住下来后到几个郊县旅游一下。

（五）中国唐诗之路研究会副秘书长兼新昌研究中心主任、绍兴市文史研究馆馆员徐跃龙先生说：

"浙东唐诗之路"首倡者竺岳兵先生1991年《剡溪是唐诗之路》论文中提出了唐诗之路定义，并界定"唐诗中的浙东范围"。竺先生提到诸暨浦阳江、县治、五泄和浣纱溪等都是"浙东唐诗之路"的节点，自始至终将诸暨列为"浙东唐诗之路"的范畴。如今，省里所列的"钱塘江诗路"一个附件，仅对诸暨浦阳江轻描了细细一笔，无任何实质性景点支撑，这欠缺完整考虑。一是这样缺乏历史文化依据；二是打破了唐代浙东越州范围；三是割裂了越文化的历史传承，极不利于"浙东唐诗之路"的整体研究和规划开发。诚请省级有关部门再作一次专题论证，将诸暨列入"浙东唐诗之路"范围，这是各方都欢迎的大好事。

（六）所有的"浙东唐诗之路"研究者一致认定：诸暨全境完整处于浙东唐诗之路范围内。浙东唐诗之路的范围是："地处浦阳江流域以东、括苍山脉以北至东海这一区域……唐诗所称的浙东区界，是极为清晰的。"（参见竺岳兵主编《唐诗之路综论》第4、19、26、71、77、89、95页，中国文史出版社2003年12月出版）

（七）现省里关于"四条诗路"规划文件的众多文字中没有诸暨任何内容，所附的11个图册，只在"钱塘江诗路"图中将浦阳江作为支流出现，画出了一条细细的蓝线，标出浦阳江流经的三地萧山、诸暨、浦江，然再细看，没有诸暨任何一个实体景点，连"蜻蜓点水"都谈不上，又何论规划呢？"钱塘江诗路"规划上面是"钱江潮涌壮怀地""富春山居诗画圣地""南宋文化圣地""宋元婺学文化高地"四个部分。所点的这个"鸳鸯谱"本身已脱离历史实际，但当中没有诸暨历史文化印记体现，反而让人略感宽慰，对此下面还将谈及。

诸暨孕育了众多的唐诗，唐代以前闻名的遗存景点有五泄山水、五泄禅寺、越国古都勾乘山、西施故里苎萝山、浣江（浣纱溪）、浣纱石、浣纱庙（今西施殿）、枫桥香榧、越山、东白山等。本土人物有允常、勾践、范蠡、西施、郑旦、诸稽郢、良价、周镛、好直上人等，外来名士高僧有活动行迹的有王羲之、郦道元、骆宾王、王维、李白、灵默禅师、玄俨、元稹、白居易、鱼玄机、严维、秦系、贯休、皎然等。至于唐代以后的古迹就更多了，如范仲淹来诸暨的题诗，王冕、杨维桢、陈洪绶故居，全国文保单位斯宅千柱屋等。诸暨的文化史迹十分丰富，无论从哪个角度都是一座待深度发掘的金矿。

诸暨不但没有进入本最该进入，也是含金量最高的"浙东唐诗之路"中，而且在"四条诗路"11个附件图册中，自古到现代列出400

多个遗存、景点等，也没有任何诸暨的历史文化景点和遗存出现，诸暨完全被排除在外，诸暨这个名副其实的"浙东巨邑"、历史悠久的越国古都，似乎在此销声匿迹。

诸暨一直以来为会稽、越州（绍兴）所属，在这块浙东热土上，不但有众多唐诗文墨，还培育了禅宗曹洞宗创始人良价，更有底蕴深厚的五泄山水、五泄禅寺、西施故里、苎萝山、浣纱石、浣纱溪（浣江）、西施殿（浣纱庙）、东白山、枫桥香榧等实体景点存在。而如今已划出绍兴市行政区域的萧山、余姚等都进入了"浙东唐诗之路"，本在绍兴市行政区内的浙东重镇——诸暨却被完全抛出"浙东唐诗之路"圈外，将诸暨的浙东历史地理文化几乎归零，实在是不应该的遗漏。由于这是源远流长的省级规划，将出台一连串的政策"组合拳"，优惠利好无穷尽，因而这个规划对诸暨的综合发展会产生难以估量的影响毋庸置疑。诸暨不必去掠他人之美，但对自己的牡丹应当珍惜。（2020年6月29日，本文首发于"人仙山民"公众号）

　　　　网友留言链接

一纯　因为西施在诸暨，所以有李白的"西施越溪女，出自苎萝山""浣纱古石今犹在""浣纱石上窥明月"，王维的《西施咏》，鱼玄机的"至今诸暨长江畔，空有青山号苎萝"！因为五泄在诸暨，所以有周镛的"天分五溜寒倾北，地拥诸峰翠插西"，有灵默禅师的"酽茶两三碗，意在镬头边"，还有四方闻讯而来参访灵默祖师的禅者们的诗歌偈颂，有中国佛教曹洞宗始祖良价大师的"岩下白云常作伴，峰前碧障以为邻"，有苏溪和尚的"还曾四海周游，山水风云满肚"，有著名诗僧贯休的《送僧入五泄》，感叹在五泄山中"九年吃菜粥，此事人少知"的岁月。因为诸暨"婺越通衢"，所以"曲项向天歌"的骆宾王写下了《早发诸暨》的"薄烟横绝巘"与"山风入曙寒"。这些收录在《全唐诗》《全唐诗补编》的诗作，无一不在告诉今天的人们，诸暨是"浙东唐诗之路"的重要组成部分！在下作为一个诸暨地方文史爱好者，觉得应该感谢"远去归来"的陈侃章先生，振聋发聩的呼声！应该感谢"身在杭城心在诸"的陈泉永先生，有理有据的发声！他们身在外地，心系故乡，为诸暨的文化奔走呼号！值得后生晚辈们敬佩！"浙东唐诗之路"，诸暨怎能缺席？恳请有"诸暨情结"的乡人、朋友们，动动手指，把为诸暨文化"正名"的呼声传播出去！还诸暨一个在"浙东唐诗之路"中应有的位置！

飞翔　　"宋代以后因为浦阳江改道，渔浦潭逐渐淤涸，因此，当代学者研究唐诗之路，常常忽视诸暨这条道路。""'浙东唐诗之路'所有研究者一致认定，浙东唐诗之路的范围是：地处浦阳江流域以东、括苍山以北至东海这一区域的浙东，总面积为二万余平方公里。诸暨全境完整在这一范围之内！"浙东文化重镇诸暨，唐诗文墨遗留众多，不应该仅仅因为"浦阳江改道"而被学者忽略，被排除在"唐诗之路"之外！

龙东坞　诸暨作为江南历史文化高地，一直有迹可寻、有史为证。越国古地，西施故里，留下多少文人墨客的咏叹足迹。唐宋以来，我（赵）太祖一脉，遍布诸暨，后裔文化水平普遍比较高，诸暨士人好学苦读之风盛行，即使在山村野地，也有诗文俱佳的饱学之士。民国以来，诸暨人才辈出，无论在政、军、商、实业、学术、科技界都有文理兼修的杰出人才。这样的一个历史文化大市，如果不能被政府规划进"浙东唐诗之路"，是极不妥当的。陈侃章师兄提出了一个非常严肃的、有意义的问题。我们诸暨人，要鼓与呼！

Caogen Yueren　浙东唐诗之路涵盖诸暨是题中应有之义，相较个别县市强拉硬扯天姥山归属之争，完全是两码事。古越西施闻名遐迩，吴越之争为历史重要节点，唐代诗人留下诗作甚多，"浙东唐诗之路规划"撇开诸暨是重大缺憾。"浙东唐诗之路"研究，应该放开言路，探求全面正确之解，不可以地域利益之求顾此失彼！

蔡建伦　实际上我们东白湖（原陈蔡，古称孝义里，四十一都）从古至今，名人踪迹众多，也是古越文化的一个重要节点。历史资料记载，有李白、朱熹、刘伯温、胡则等全国著名人物；其他名人更是数不胜数，像欧阳修、康有为都留下了文化印迹。

网民调侃　当时，新昌提出"浙东唐诗之路"，我觉得不会成大气候。我大学的同学俞教授也开始研究新昌的唐诗之路，我还笑他们，不曾想诸暨如今反倒成了"孤雁"。哈哈。

浙江省官方明确：
诸暨纳入"浙东唐诗之路建设规划"

好事多磨，总能成就好事！浙江省发改委2020年8月17日发文："诸暨是浙东唐诗之路组成部分。"

还在几个月前，诸暨市文化学者从"浙江省四条诗路文化带"公开文件中发现，唐诗云集的浙东重镇诸暨，竟然没有进入"浙东唐诗之路规划"！更不解的是，唐朝浙东越州的会稽、山阴、诸暨、剡（含嵊县、新昌）、上虞、萧山、余姚七县中，其余六个全部进入规划，惟有历史悠久、古迹风景甚多的诸暨被抛出"圈外"。整本规划书几十页文字和11个附图列出400多个文化遗存和景点，诸暨竟然一个都没有！只在"钱塘江诗路"附图的浦阳江支路，蜻蜓点水地画了一条细细的蓝线。然"钱塘江诗路规划"的四个核心区是：钱江潮涌壮怀地，富春山居诗画圣地，南宋文化圣地，宋元婺学文化高地。事实上"钱塘江诗路"与诸暨没有多大历史文化、行政区域联系，文化纽带不紧密，一个在"浙东"，一个在"浙西"，将诸暨如此纳入规划，与历史、现实及文化传承脉络不相符合，点错了鸳鸯谱。

"四条诗路"是省级宏大规划，对一个县市的综合发展将产生不可估量的影响，特别是"浙东巨邑""唐诗高地"的诸暨，如不进入"浙东唐诗之路规划"，将割断诸暨的历史文脉，影响诸暨的综合发展，也将大大削弱"浙东唐诗之路"的含金量。

出现这种局面，可能是具体规划者无意的疏忽，最有可能是对

"浙东""浙西"的划分、唐朝越州的历史地理不了解引起。

　　为此，诸暨官方和民间媒体将诸暨未能进入"浙东唐诗之路规划"的信息向公众作了实事求是的披露，发出了《唐诗云集的诸暨，竟成了"浙江孤雁"》《诸暨，"浙东唐诗之路"的重要组成部分》等文章，一时引起强烈反响。"浙东唐诗之路"研究专家和历史学者也纷纷发声，如浙江大学胡可先教授、中国人民大学黄朴民教授、中山大学黄仕忠教授、宁波大学龚缨晏教授、浙江树人大学林家骊教授等，浙江省文化旅行厅专家组成员、绍兴市越文化研究会长鲁锡堂，中国唐诗之路研究会副秘书长兼新昌研究中心主任徐跃龙等专家都公开要求：请省里将诸暨补入"浙东唐诗之路规划"。

　　鉴于确实将诸暨漏列"浙东唐诗之路"建设规划，又鉴于民众一致要求将诸暨补入"浙东唐诗之路规划"呼声高涨，诸暨市人民政府顺应民心，向省里报告要求将诸暨明确列入"浙东唐诗之路规划"。省政府参事杨建新、方泉尧写出"参事建议"，也提出以上要求。时任省长袁家军（之后任省委书记）、分管副省长成岳冲非常重视此事，批转具体负责规划的省发改委办理和明确。省发改委认真核实，在2020年8月17日发出"浙江省发展和改革委员会浙发社会函（2020）192号"公文有所补救。从文字上看，诸暨补入了"浙东唐诗之路规划"。

　　因浙江省"四条诗路规划"是公开的文件，现将"省发革委"所发公文中的一段实录如下：

　　　　2020年4月，我省四大建设领导小组办公室印发《浙东唐诗之路建设三年行动计划（2020—2022）》，把浙东唐诗之路作为四条诗路建设的重点并率先启动实施。浙东唐诗之路主要以曹娥江—剡溪—椒（灵）江为主线，包括宁波（奉化、余姚）—舟山支线，覆盖宁波、绍兴、舟山、台州等行政区域，诸暨市包括在此覆盖范围之内。诸暨的香榧古道列入了浙东唐诗之路文化旅游地图，西施故里列入了名人文化分布图。

下一步，我委将根据《浙东唐诗之路建设三年行动计划（2020-2022）》的具体要求，加快推进浙东唐诗之路，同时启动另外三条诗路的建设。建议诸暨市认真谋划诗路建设重大项目，积极参与诗路百珠培育建设等工作。我委将会同有关部门加强对诗路沿线地区的服务指导，着力将诗路文化带打造成为大花园建设的示范性引领工程。

省发改委此文主报省政府办公厅，抄送省财政厅、诸暨市人民政府。抄送财政厅是因为凡列入"浙东唐诗之路规划"的县、市、区，省里将予以财政支持，根据景点遗存数量酌情增减，因而需要财政厅安排计划。

省发改委此文抄送诸暨市政府时郑重告知：省里已明确诸暨在"浙东唐诗之路"范围内，文中已点明"诸暨香榧""西施故里"是"浙东唐诗之路"的景点与遗存。同时要求："建议诸暨市认真谋划诗路建设重大项目，积极参与诗路百珠培育建设等工作。"

与此同时，省里稍后的"浙东唐诗之路规划图"（见插页）已将诸暨明确纳入，且所补画线条之粗，已盖过上虞、余姚、萧山，几同嵊州、新昌并驾，规划者已认识到诸暨在"浙东唐诗之路"的重要地位，有所弥补2019年10月省里所发"浙东唐诗之路规划"文图均无诸暨内容之不足。倾听呼声，善莫大焉！

省发改委的公文说得很透彻：诸暨市怎样谋划省里的诗路建设重大项目，全看你们自己了。想必诸暨市一定会倍加珍惜这次机会，重视这项利国利民利于诸暨的规划，一定会在省发改委已点明的"西施故里""诸暨香榧"外，加快上报越国古都、五泄山水、五泄禅寺、唐朝佛教曹洞宗开宗之祖良价等内容；一定会增补王冕、杨维桢、陈洪绶故里，全国文保单位斯宅千柱屋，中共早期杰出共产党人俞秀松、张秋人、宣中华、宣侠父、汪寿华、郑复他等的故居，著名古建筑盘山小学、边村祠堂、斗岩风景区等景点；一定会尽早派人加入早已成立的"浙东唐诗之路研究院"进行谋划；一定会多参加、多举办关于"浙东唐诗之路"的各种活动；一定会将省里的文件广泛宣传，让原先以为诸暨没有入"浙东唐诗之路规划"的兄弟县市知晓，让诸暨百万人民知晓：浙东唐诗之路，诸暨来了。

官方公共规划的一滴墨，对一个地方就是一片海。符合实情，则能扬帆远航。无论从历史和现实看，诸暨都是"浙东唐诗之路"极为重要的组成部分，有绍兴学者已发文提出："诸暨是浙东唐诗之路核心部分"，诸暨进入"浙东唐诗之路"名副其实。为这条古老的"浙东唐诗之路"锦上添花，诸暨无论从哪方面都能做到。（2020年9月29日，本文首发于"人仙山民"和"诸暨西施号"公众号）

"唐诗之路"话诸暨

"浙东唐诗之路"在浙江省政府的大手笔规划下，轰然拉开帷幕。相关各地将串起历史的珍珠，走向未来。诸暨作为"浙东唐诗之路"重要节点，具有哪些晋风唐韵呢？

一、"浙东巨邑，婺越通衢"

"浙东"是历史形成的文化地理概念，古代以钱塘江为界，以东叫"浙东"，以西叫"浙西"。又因唐代江南道浙东观察使驻节越州（今绍兴），故"浙东唐诗之路"的核心区块多指越州，连时任浙东观察使兼越州刺史李绅，当时人亦戏称他为"李浙东"。唐《元和郡县图志》载，越州辖会稽、山阴、诸暨、剡（嵊县、新昌）、余姚、萧山、上虞七县。论历史影响，诸暨是其中的"老二"；论演变至今的影响，或已更上层楼。

诸暨"浙东巨邑，婺越通衢"由来已久。又因诸暨是古越主要发祥地之一，也常以"越"指代诸暨，此处"越"与"婺"对应并称，应指诸暨是越州（绍兴）与婺州（金华）的往来枢纽。诸暨设县始于秦始皇二十五年（前222），以此为基点上溯一千八百年左右，越国初成，诸暨境内有埤中、大部、勾乘曾为越国都城。勾践雄才大略，将越都从诸暨山麓迁到冲积平原会稽（今绍兴），以利开疆拓土。不知中国他地是否有这种独特历史，但放眼浙江，还没有一个地方既是古国都城，又立县二千二百多年未曾中断过？

东汉《越绝书》《吴越春秋》多处多次记载越国古地诸暨史事。东晋王羲之迁居会稽后常到诸暨游玩，在浣纱溪畔、苎萝山下留下让人津津乐道的故事，"浣纱"摩崖世传为王羲之手笔。唐代灵默禅师在五泄修建禅院，佛教曹洞宗创始人、诸暨人良价在此剃度出家，终成大器。

二、一美一佛一名相

曾为越都的诸暨，享有盛名的西施故里，"禅房花木深"的五泄山水，吸引着无数文人墨客，他们纷至沓来，写下了丰盈的诗韵文墨。这里暂不去展开何逊的《入东经诸暨县下浙江》、骆宾王的《早发诸暨》、周镛的《诸暨五泄山》等诗作名篇，仅把焦点稍稍聚在"一美一佛一名相"，就可窥见一斑。

所谓"一美"，即指四大美女之首西施。西施的史事，先秦典籍多有涉及，到了魏晋就流淌在嵇康、王嘉等大佬的笔下。李白风流倜傥，狂追魏晋风尚，心理永远年轻，开笔美人美酒，收笔月满西厢。且看其《浣纱石上女》如何迸发审美想象："玉面邪溪女，青娥红粉妆。一双金齿屐，两足白如霜。"当年西施在诸暨苎萝山下被选中，送到会稽培训习礼三年，游步耶溪，拂迎春色，乃寻常之事。这首诗李白摄取西施的头部、两足，呈现玉面、红粉妆、金齿屐、白如霜。内中"青娥"是对芳龄女神的文学臆想。黛眉红妆，玉面春风，金齿木屐，高挑衬托，双足像浓霜雪白裸露，夺人眼目，令观者心旌摇曳，不着"美"字，尽显风流。

据唐诗专家考证，李白一生四次入浙江，首次入越州在开元十四年（726），他浮游浪迹，举杯推盏，"海客谈瀛洲"，在越州实地写下了大量诗篇。李白见多识广，所以成了推介越州山水人文的"义务导游"，如其《送祝八之江东，赋得浣纱石》诗云："西施越溪女，明艳光云海。未入吴王宫殿时，浣纱古石今犹在。桃李新开映古查，菖蒲犹短出平沙。昔时红粉照流水，今日青苔覆落花。君去西秦适东越，碧水青江几超忽。若到天涯思故人，浣纱石上窥明月。"

这首诗是李白在长安（今西安）任职翰林时所写，时在天宝二年（743）。李白听说祝八要去越州，便以"到过人"的口吻向他介绍西施故乡风貌。诗中的"祝八"已不可考；江东，为长江下游江浙一带；"西秦"与"东越"相对，前者指陕西关中，后者指越国古地；至于越溪特指浣纱溪。越溪美女西施，明艳光照云海。西施尚未进入吴王宫殿之时，浣纱古石已在且存至今。浣溪两岸新开的桃李掩映着浮船，那浅水中的菖蒲刚刚露出平沙。想当初，西施红粉白脂映照流水；可如今，惟存青苔覆盖飘满落花。你这次从西秦奔赴东越西施故乡，一路水碧山青，心情悠远，到达那里后若思念故友，就请站在浣纱石上观赏明月，让我们共寄思念之情。

所谓"一佛"，即指良价，俗姓俞，唐朝诸暨五泄人。幼年即到五泄禅院出家。双亲毕竟牵肠挂肚，良价却佛心坚定，在回母亲的信上阐述心迹："几人得道空门里，独我淹留在世尘。谨具尺书辞眷爱，愿明大法报慈亲。不须洒泪频相忆，譬似当初无我身。"后来，良价与弟子曹山本寂共创曹洞宗，成禅宗一大宗派。浙东诸暨人士，为佛教禅宗开宗立派，这在当时的浙东独一无二，地位至高无上。

所谓"名相"，即指范蠡。范蠡从中原来越国，为勾践谋划国事。诸暨为范蠡封地，建有范蠡宅，封有陶朱山，历代文人多有实地寻觅歌咏之作，如唐诗人张蠙的《经范蠡旧宅》："一变姓名离百越，越城犹在范家无。他人不见扁舟意，却笑轻生泛五湖。"鱼玄机的《浣纱庙》："范蠡功成身隐遁，伍胥谏死国消磨。"千年以后，范蠡后人，也是北宋著名政治家、文学家的范仲淹出任越州知州，他到诸暨陶朱山拜谒先祖祠庙，写下《题翠峰院》诗："翠峰高与白云闲，吾祖曾居山石间。千年家风应未坠，子孙还爱解青山。"翠峰寺在诸暨陶朱山下，唐诗人皮日休有"藏经之殿"题额。

三、诸暨唐诗三百首

"浙东唐诗之路"是一个逐渐成型且年轻的文化概念，认为北边进入浙东的唐朝诗人，从钱塘江向东入浙东运河，乘船入剡溪，沃州、天姥美景呈现，引发众多诗人赋诗抒怀，从而留下了丰富的文化遗产。然而从钱塘江进入浙东并非只有上述这条水路，还有极为重要的浦阳江。很多商旅行人由钱塘江转浦阳江到达诸暨，再下金华往东转温闽。反向亦然。早在谢惠连笔下就有"昨发浦阳汭（汭，水湾），今宿浙江湄"的诗句，自南而北，"从昨到今"才从浦阳江进入"浙江"（钱塘江）。何逊的诗作直接题名《入东经诸暨县下浙江》，也是由南向北，清晰说明由浦阳江进入钱塘江。王勃赴南昌、写《滕王阁序》名篇前，在越州居住了好长一段时间。唐上元二年（675），王勃经诸暨向南从浦阳江、余江而到洪州（南昌）。李白则有"涛落浙江秋，沙明浦阳月"的诗句，行迹也是从北到南，在钱塘江乘秋涛之舟，抵浦阳江时，已沙显明月。更重要的是浦阳江这条"唐诗水路"至今依然通航，舟入钱塘江后，可分赴各处。

还有一个历史现象也十分重要，即任职、籍贯在浙东的诗人，他们住在越州，游山玩水并非远足，大量诗文是在山水间、陆地上盘桓写成，如著名的兰亭雅集、"浙东联唱"等活动就产生了大量的诗文。而唐代"浙东诗坛盟主""浙东联唱"的主要组织者严维，长时间任诸暨县尉。他们才是浙东唐诗创作的主力。

唐代诸暨诗路除水路以外，陆路由连通会稽、山阴、嵊县、东阳、义乌、浦江、萧山的要冲通衢散发各处，加之诸暨山水人文名播四方，故而诗赋之多顺理成章，现已搜集到涉诸暨的唐诗三百多首，一本《诸暨唐诗三百首》初稿基本形成。收录的诗作从魏晋南北朝至唐朝五代，内容广泛，涉及诸暨全境，有写耳熟能详的西施故里、苎萝山、浣纱溪、五泄山水、东白山的，更有涉及平常少知的越山、宝掌山、西岩山、延庆寺等人文古迹，有些诗作连《全唐诗》及其《补编》都未收录。特别是，唐朝诸暨诗路上的吟咏对象，在诸暨至今还有不少对应地标。还有骆宾王、李白、王维、严维、秦系、卢纶等在诸暨的行迹，有贯休在五泄"九年吃菜粥，此事人少知"的清苦修行，不一而足。让那些深藏在历史深处的文人墨客穿越千年，款款走在当年走过的浙东诸暨大地上。（2020年11月22日，本文首发《钱江晚报》）

王羲之《诸暨帖》曲笔重重

　　浙东唐诗之路并非一蹴而就，其上游源头是魏晋名士文化与当地明净山水的有机融合。人文思想基础的深厚积淀，导引着唐朝诗人触景生情，托物述怀，汩汩流淌出的名篇佳作，自然地形成诗词长河。本文就来追溯王羲之所作《诸暨帖》的时代背景和含义所在。

　　"永嘉之乱"使晋室分裂，北方士族举家南迁，络绎于途。王旷为王氏世族代表人物之一，他是晋朝高官，又是书法家，儿子便是享誉千年的王羲之。王旷的姨表弟司马睿袭封为琅琊王，其曾祖就是鼎鼎大名的司马懿。司马睿在战事纷争中连连失利，王旷的从弟王导足智多谋，建议司马睿南渡建康（今南京），后在那里封王称帝，史称东晋，时在317年，晋室得以偏安。王导官拜骠骑大将军，"王马共治时代"开启，他们在联络南方士族的同时，又鼓励世家大族在江南圈田占地、构建私宅。王、谢两大家族，包括王羲之在内的子侄辈，纷纷在会稽郡山阴（今属绍兴）、始宁（今上虞、嵊州部分）、剡（今嵊州、新昌）、诸暨等地安居落户，一时多少落魄豪族。

　　会稽王国建置于东晋咸和二年（327），设都于山阴，管辖山阴、会稽、始宁、诸暨、剡、余姚等九县。司马睿的幼子司马昱为会稽王。王羲之与司马昱情投意合，加之门第世交，王羲之于永和六年（350）出任会稽内史，领右军将军，"王右军"称号由此而来。会稽内史相当于会稽王国国相，掌握行政大权。

　　王羲之才华横溢，活动频繁，他既掌朝堂之权柄，又享林下之风流，他在越州各地留下了许多文化印记，与诸暨有诸多不解之缘，传下来名声最响亮的是"浣纱"摩崖石刻，而北宋《太平御览》根据古籍载及诸暨苎萝山为王羲之墓葬之地，记载如下：诸暨罗山，今名纻萝山。王羲之墓在山足，有石碑，孙兴公文，王子敬所书也。

又据南宋《嘉泰会稽志》卷六载，王羲之墓在诸暨苎萝山。这条记载是从孔晔的《会稽记》上承继而来。孔晔即孔灵符（？—465），是南朝刘宋时会稽人，世代为会稽内史，距王羲之仅百年左右。孔氏所纂修的《会稽记》所载有本，而非凭空。据现在所见，这是记载到王羲之墓的最早史册地志。

关于王羲之墓，古籍上有多处记载，或云在嵊县金庭山，或云在会稽云门山，至于哪些地方是真冢或衣冠冢也没有标明，是与否都不能随意断定。唯能说明的是，王羲之在苎萝山麓、浣纱江畔经常游玩，尽兴徜徉，这里是他精神寄托的又一座家园，留下美妙的故事和传说，无疑是创作唐诗的大好素材，从而为西施故里的厚重文化又增晋风唐韵。王羲之在诸暨有后裔繁衍，如诸暨唐代的王仕伦（779—835），约为王羲之十六世孙。光绪《诸暨县志》所载王仕伦墓志铭记述了与王羲之的世系源流。

这里要重点讲述世人少知又曲笔重重的王羲之《诸暨帖》。现在尚能见到的《诸暨帖》全文如下：

诸暨、始宁属事，自可得如教。丹阳意简而理通，属所无复逮录之烦为佳。想君不复须言谢。丹阳亦云此语君。（王羲之《王右军集》卷一）

明代文学家张溥所编《汉魏六朝百三家集》中有《王右军集》二卷。除第一卷卷首十二篇书、笺，第二卷卷末五篇（首）序、书后、文、诗之外，其余都是以"帖"命名的各种短札、便条。

　　《诸暨帖》就是王羲之众多手书短札、便条中的一则。此帖寥寥数语，是托带给相关人士的。便条行文中没有出现收受人姓名，也没有提及事情背景，可谓藏头隐事，曲笔重重，外人实难读懂其意，只有当事人才能知其所述的前因后果，也就是说，只有当事者收阅后，才能知悉短札含义所在。

　　清道光咸丰年间鲁一同编著、杨以增序的《右军年谱》判断：王羲之"自护军出为右军将军、会稽内史，有辞郡帖、恭命帖、殊遇帖、会稽帖、此郡帖，凡在郡论事诸帖（如上虞县事、诸暨、余姚诸帖皆是），皆在后四年中，但不可殊晰耳"。也就是说，王羲之《诸暨帖》当写于他生命的358年至361年之间，而帖子所述之事已难"殊晰"，即很难把事情弄得清晰明白了。

　　《诸暨帖》提到了"诸暨""始宁""丹阳"等行政地名，所述地名当然也有可能以某地指代某人。这张"在郡论事"的便条讲到了"诸暨、始宁属事"，也即这个地方的某件事情，正是那位"某君"请托王羲之向丹阳有司方面说情的，而其中"逮录"一词也可释为"逮捕、拘囚"，故而此事极有可能涉及讼争。王羲之所写的简帖是将说情的结果——丹阳意简理通，给请托者一个回复。至于帖中所述面貌情由到底如何，也许是一个难解的历史之谜了。

　　不管《诸暨帖》所述情状是否明晰，王羲之书写的文函，无疑是"浙东唐诗之路"一篇珍稀文献，王谢堂前的燕子，在历史时空中依然盘旋飞翔。（2021年3月22日，本文首发于《北京晚报》）

骆宾王与《早发诸暨》

骆宾王与王勃、杨炯、卢照邻并称为"初唐四杰"。杜甫的一句"王杨卢骆当时体,轻薄为文哂未休",不但道出了杜甫对他们的极力推崇,也说明了"初唐四杰"的历史地位。

杜甫对"四杰"的推崇有本而来。公元707年,当时的名儒郗云卿受唐中宗李显之命编纂《骆宾王文集》十卷,郗为文集作序云:"高宗朝,(骆)与卢照邻、杨炯、王勃文词齐名,海内称焉。号为四杰,亦云卢骆杨王四才子。"这就是"初唐四杰"的起源。

这里不去追溯"四杰"排序的变迁,只重点述说骆宾王的诗名及其简历。

骆宾王(约630—684后),字观光,婺州义乌(今属浙江)人。幼年即有诗名,有一次随客人嬉戏池上,客指池中游鹅让他赋诗,骆宾王随口吟道:"鹅、鹅、鹅,曲项向天歌。白毛浮绿水,红掌拨清波。"引得众人连连惊叹:"神童、神童。"这首《咏鹅》杂言诗刊刻时,题下注云:"时年七岁。"

在骆宾王十岁那年,家人送他到青州博昌(今山东博兴)任县令的父亲处居住。父亲的悉心培育,加之齐鲁学风的熏陶,使骆宾王的先天早慧得到进一步开发,终成扬名八方的大才子。骆宾王是"四杰"中留下诗作最多的一位。

学而优则仕是唐代的通例,骆宾王入仕的第一步是在唐龙朔元年(661)被道王李元庆征辟为府属,其后拜奉礼郎、东台详正学士。

　　然而傲骨与才华几乎天生伴随，骆宾王性格孤傲，为时世所不容，怀一腔报国之志，又往往失意而归，仕途起起伏伏成为常态。咸亨元年（670）被谪，从军西域；两三年后转至四川，入姚州道大总管李义军幕，掌管文书；未几，升任朝廷侍御史，但高处不胜寒，被人诬陷下狱。获释后又入戎幕。唐高宗调露二年（680），在长安主簿任上被贬为临海（今属浙江）县丞。

　　骆宾王的名作《早发诸暨》由此诞生。那么骆宾王为何在诸暨"早发"呢？这要述说一下与此诗密切相关的几个地理位置。骆宾王故乡义乌与诸暨是南北紧邻，山水相连，分属婺州（今金华）和越州（今绍兴），而诸暨北邻萧山（时称永兴）也同属越州。赴任之地临海（今台州）与诸暨也并不太远，曾同属会稽郡，这四地都是山水秀丽的古城。

　　唐朝外放官职有近人情、通人性之处，根据《新唐书·选举志》载：任命官员之时，有时会考虑本人意愿，在地域和部门上做出可能的安排。骆宾王请求外放到义乌周边，以便归葬母亲。时任吏部尚书裴行俭准许了骆宾王这个请求。骆宾王出任临海县丞时已两鬓染霜，年届四十六岁了。

　　拂去朝政的缱绻，披着岁月的风霜，骆宾王兴致勃勃赶往义乌，是年七月初到达萧山。时任永兴（唐天宝元年始改名萧山）主簿的宋思礼与骆宾王颇有交谊，骆在那里挥毫写下《灵泉颂》，叙云："广平宋思礼，字达庭……调露二年，来佐百里。"骆宾王未在此作过多盘桓，便去义乌的必经之地诸暨，并在诸暨下榻住宿，赏览此地名胜，从而写下《早发诸暨》，诗云：

征夫怀远路，凤驾上危峦。薄烟横绝巘，轻冻涩回湍。
野雾连空暗，山风入曙寒。帝城临灞涘，禹穴枕江干。
橘性行应化，蓬心去不安。独掩穷途泪，长歌行路难。

　　诗中的"征夫"是自指,"凤驾"是普通的车乘,"入曙寒"是写拂晓风寒,以切题"早发","帝城"显指京都长安,"禹穴"是指相传大禹归葬之地的越州,作者如此完成了身处之地的转换。诗的末四句,骆宾王触景生情,抒发感慨,心情复杂地回顾自己并不平坦的仕途。

　　我远游之子返乡,坐着平常的车乘,经过险峻的山峦。薄烟飘荡山顶,山溪回旋翻转,茫茫野雾笼罩,晓风使人微寒。想当初我还在京都长安,可如今来到了大禹枕穴之地。即使桔树也应时应地而变,然我这知识浅薄的"蓬草"还惴惴不安。往事历历令人唏嘘,我虽出任新职,或也是漫漫长路又难行的一站。

　　诗的整体基调悲壮慷慨,余情绵绵,回响不绝。

　　还有唐诗研究者认为骆宾王这首《早发诸暨》是写于从义乌转诸暨赴临海上任时:"告别故乡亲友,过诸暨,经越州、剡县到临海上任。"(《唐代文学研究》第六期)从《早发诸暨》这首诗中的"凤驾""危峦""绝巘""野雾""山风"等词语看,不管骆宾王是从萧山经诸暨到义乌,还是从义乌经诸暨过越州再到临海所写,诗中所述所见都是青山绿水,也即骆宾王是沿着陆路而行,这就给浙东唐诗研究者提供了又一个实例,"浙东唐诗之路"不要仅仅纠结于这水路那水路,要重视浙东特别是像诸暨这种枢纽之地是有水陆兼具的通道驿途。

　　骆宾王这首《早发诸暨》是大多数唐诗研究者举例的浙东唐诗的代表作,影响甚大。前面已述,骆宾王是在唐高宗调露二年七月回义乌葬母亲,八月到临海出任县令,所以这首《早发诸暨》便不难确定是写于调露二年,也即公元680年。

　　骆宾王在临海任职三年左右,世称骆临海。公元684年,不甘屈居的骆宾王北上扬州,加入了徐(李)敬业征讨武则天大军,从而写下了声震四方、彪炳千秋、讨伐武则天的《代李敬业传檄天下文》。至于这页历史风云以及骆宾王的归宿,就不再是这篇小文的讨论范畴了。

诗仙李白咏西施

　　在中国，知道秦皇汉武、唐宗宋祖的人不一定多，能讲出道道套套来更是少。但当转向西施、李白，人们顿时话题开闸，眉飞色舞，人人都像新闻发言人，个个都是文史创作者。说西施，一笑一颦，沉鱼落雁，国色天香，盈盈浅浅间就使强吴灰飞烟灭；讲李白，让高力士脱靴，由杨贵妃捧砚，斗酒诗百篇，笔管摇曳间就演化出半个盛唐。一个诗坛神仙，一个首席美女，庙堂江湖无人不知，无人不晓。

　　那么，李白写过西施吗？李白风流倜傥，天纵英才，怎会错过千古美女的素材。李白一生四入浙江，多在浙东越州游玩驻留，浮踪浪迹，寻觅过西施芳踪，写下了大量关于浙东的诗文。他入浙最早一次是开元十四年（726），最后一次是至德元载（756），前后跨度长达三十年。在浙东漫游，李白走走停停，旧友新交，举杯推盏，"海客谈瀛洲"，所写诗歌汪洋浩瀚，美不胜收。

　　李白身逢"安史之乱"，又不幸入狱，随后流放贵州夜郎，颠沛流离，故而李白的诗作散佚极多，存者不足十之一二。诚如此，写到西施的还有十多首留下来，有几首还是精品。

　　以下列举李白在青年、壮年时期所写关于西施史事的6首诗，分别写于726年、742年、743年、744年。

　　首先来看李白726年如何直写《西施》：

　　　　西施越溪女，出自苎萝山。秀色掩今古，荷花羞玉颜。

浣纱弄碧水，自与清波闲。皓齿信难开，沉吟碧云间。

勾践征绝艳，扬蛾入吴关。提携馆娃宫，杳渺不可攀。

一破夫差国，千秋竟不还。

　　越溪，指越国苎萝山下的浣纱溪，又名浣江、浣浦、浣渚。元稹诗云："浣浦逢新艳，兰亭诧旧题。"苎萝山，又名罗山、纻萝山，在今浙江省诸暨市城南，东汉《吴越春秋》："得苎萝山鬻薪之女曰西施、郑旦。"南北朝孔灵符《会稽记》："勾践索美女以献吴王，得诸暨罗山卖薪女西施、郑旦。"浣纱，西施世称浣纱女，李白另有"何处浣纱人，红颜未相识"诗句。馆娃宫，在苏州姑苏山上，清王琦引经据典作注："《吴地记》：（伍子）胥葬亭二里有馆娃宫，吴人呼西施作娃，夫差置。"王维有"春色似怜歌舞地，年年先发馆娃宫"一句。

　　西施是越溪之女，出生于苎萝山麓。秀色清丽盖过古今女子，连荷花仙子也害羞得掩脸别过。西施拨开绿水悠然浣纱，像清波一样淡定闲适。很少见到她笑露白齿，她自得地在碧云间沉吟。越王勾践征召绝色美女，西施扬起蛾眉昂然赴吴。吴王宠爱西施，将她安置在馆娃宫，深宫清锁，音信渺远，高不可攀。当夫差的吴国被越国破灭后，西施就随范蠡而去，永远不再复返。

　　这首诗几乎完整地讲述了西施的故事，那西施的出身、西施的美丽、西施的沉稳、西施的使命、西施的入宫、西施的归宿都涵括其间，引导读者穿越历史时空，来到那春秋战国的烽火岁月。越王勾践为吴王夫差击败，而勾践依据文种"灭吴九术"复兴越国，其中最成功的是在诸暨苎萝山下寻觅到西施、郑旦，经过教习，献于吴王，夫差自此沉湎美色，不能自拔。越国上下则卧薪尝胆，生聚教训，终灭吴国。传说中范蠡与西施原本私订终身，为复国大计，西施献身入吴。当强吴覆灭以后，范蠡急流勇退，独携西施泛五湖而去，从而流芳千秋。

这首诗是李白第一次入越时所写，时在开元十四年（726），这一年，李白尚是单身，还未成家，雄心万丈，血气方刚，他写下了多首有关西施的诗作，现在可见的除上列《西施》外，还有《浣纱石上女》以及《越女词五首》等，其中《浣纱石上女》对西施迸发了独特的审美眼光：

　　玉面耶溪女，青娥红粉妆。一双金齿屐，两足白如霜。

李白摄取了西施的头部、足部，呈现玉面、红粉妆、金齿屐、白如霜。内中"青娥"是对芳龄女神的文学臆想。黛眉红妆，玉面春风，金齿木屐，素足像浓霜雪白裸露，夺人眼目，令观者心旌摇曳，不着"美"字，尽显风流。

唐诗研究专家安旗说："开元前期，唐王朝阳光灿烂，李白诗歌中也是呈现一派天朗气清、风和日丽的景象。"（《李白全集编年笺注》11页）

在天宝元年（742），李白写下《子夜四时歌》。相传晋代女子名子夜，因歌声哀苦凄切，又因起于吴地，故名"子夜吴歌"。这首《子夜四时歌》分别写了春、夏、秋、冬四季，其中的"夏歌"写西施在镜湖采莲：

　　镜湖三百里，菡萏发荷花。五月西施采，人看隘若耶。
　　回舟不待月，归去越王家。

镜湖就是鉴湖，唐代镜湖广渺浩瀚，面积远远大于现在，而若耶溪则是一条汇入镜湖、深涵历史文化底蕴的河流。

镜湖浩瀚三百里，到处都是含苞待放的荷花。夏五月，西施泛舟采莲。由于美名远扬，引起围观，人人争睹芳容。诗中"隘"字是诗眼，说明观者人潮汹涌，即使偌大的若耶溪也是舟塞人挤。西施采莲回舟归去不及满月，便进入越王锦绣宫殿。

这首诗不但用了西施镜湖采莲、若耶泛舟的传说，而且还妙用了西施在会稽度过的岁月。据史书记载：勾践在诸暨苎萝山下觅得西施、郑旦后，把她们送到会稽都城学习宫廷歌舞整整三年，然后再将才艺双绝的双姝献送吴王。由此看来，西施在会稽五月采莲，当有三个夏令，而将西施以"夏时"的诗意写入，给读者提供了遐想空间。

前已述，李白多次入浙，实地写下了大量越州诗篇，正因为见多识广，积淀甚厚，所以担当起推介越州山水人文的"导游"义务，如其《送祝八之江东，赋得浣纱石》诗云：

> 西施越溪女，明艳光云海。
> 未入吴王宫殿时，浣纱古石今犹在。
> 桃李新开映古查，菖蒲犹短出平沙。
> 昔时红粉照流水，今日青苔覆落花。
> 君去西秦适东越，碧水青江几超忽。
> 若到天涯思故人，浣纱石上窥明月。

这首诗是李白在长安（今西安）任待诏翰林时所写，时在天宝二年（743），这时李白任此职已两年，有大展宏图之心，然朝廷宦海复杂，他渐渐失望，身虽在宫阙，心已存江湖，因而当他听说好友祝八要去越州，兴趣勃发，便以"过来人"的口吻向他介绍了西施故乡的风貌。诗中的"祝八"排行第八，生平已不可考；江东，为长江下游江浙一带；"西秦"与"东越"相对，前者指陕西关中，后者指越国古地，李白曾有诗提到："尔向西秦我东越，暂向瀛洲访金阙。"至于"越溪"，从诗中内容不难看出特指浣纱溪。越溪美女西施，明艳光照云海。西施尚未进入吴王宫殿之时，浣纱古石已在且存至今。浣溪两岸新开的桃李掩映了浮木，那浅水中的菖蒲刚刚露出平沙。想当初，西施红粉白脂，映照流水；可如今，惟存青苔覆盖，飘满落花。你这次从西秦奔赴东越西施故乡，一路水碧山青，心情悠远，到达那里后若思念故友，就请站在浣纱石上观赏明月，让我们共寄思念之情。读诗至此，不由自主地联想到苏东坡"但愿人长久，千里共婵娟"的名句，不知东坡居士是否受到太白诗句启发？

《乌栖曲》是李白写西施典故的又一力作，时在天宝三年（744）。李白在天宝三年春被斥去朝后，时而出世思想非常浓重，时而"身在江湖，心存魏阙"。又因李白多次在吴越之地逞兴漫游，既到过越州，又在姑苏寻觅过吴王夫差日夜笙歌之地，怀古察今，颇有感慨，于是写了这首借诗咏史之作。表面上写吴王宠幸西施通宵达旦，实际上讽喻唐玄宗沉湎声色，耽于淫乐有类夫差，宠幸杨贵妃不遑多让。

《乌栖曲》全诗如下：

> 姑苏台上乌栖时，吴王宫里醉西施。
> 吴歌楚舞欢未毕，青山欲衔半边日。
> 银箭金壶漏水多，起看秋月坠江波。
> 东方渐高奈乐何！

《乌栖曲》是乐府《清商曲辞》旧题，内容多歌咏艳情，李白旧曲新翻，借此形式展开，诗中"乌栖时"，点明乌鸦栖宿，日暮黄昏，于此呼应题面，浑然天成。姑苏台，在苏州姑苏山上，相传吴王夫差耗费大量人力财力所筑，内有核心建筑春宵宫，吴王与西施在此作长夜之饮，"青山"句为日落景象。银箭金壶是古代计时工具，用铜壶贮水，以漏水刻度来计算出时间。末句"高"与"杲"同义，兼与"皜"通假，也有东方太阳渐渐升高之意。

姑苏台上日落乌栖之时，吴王夫差已在宫中醉美西施。曼妙的吴歌楚舞欢度正酣，姑苏青山已掩映了半边落日。计时的铜壶漏水越来越多，夜色也越来越深，就是那一轮秋月也跌入了江水波涛之中。猛然发觉，东方已经发白，太阳渐渐升高，无奈这无限欢乐只有暂时中止了。全诗基调是"一夜千年犹不足"。

这首诗以时间为线索，以西施入吴被吴王宠幸为背景，收敛含蓄，客观叙写，不褒不贬，深得诗家高评。据说李白在长安拜见前辈诗人贺知章，贺将李白誉为"谪仙人"，对《乌栖曲》击节赞赏："此诗可以泣鬼神矣。"清乾隆年间清高宗敕编的《唐宋诗醇》评论此诗："乐极生悲之意写得微婉，未几而麋鹿游于姑苏矣。全不说破，可谓寄兴深微者……有不尽之妙。"这个评语蕴含了几许吴国由盛转衰、继而亡国之缘由。

李白在越国会稽寻古，又写有《越中览古》：

> 越王勾践破吴归，义士还家尽锦衣。
> 宫女如花满春殿，只今惟有鹧鸪飞。

越中，指越国。义士，清王琦认为应作"战士"。也有注家认为：义士，即《史记·越王勾践世家》所称之"君子六千人"，是讨伐吴国的六千精锐之师。鹧鸪，又名山鹧鸪，多飞翔栖息在旷野无人之境。越中盛产这种飞鸟。

越王勾践击败吴国得胜归来，越国战士破吴有功都衣锦归乡，满殿宫女如花似玉，一楼春色，可如今只有一群鹧鸪在荒凉的废墟上飞来飞去。

一部吴越兴衰史，最著名的是"十年生聚，十年教训"之典，而其中最令人津津乐道的又是越国献美女西施、郑旦与吴王的故事。"破吴归"句浓缩了这段历史。得胜归来之师卸去戎装，全部衣锦还乡。美女如云，尽情享受，沉醉其中。可原来繁荣的国都如今荒草萝蔓，只有成群结队的鹧鸪在哀厉鸣叫，好不凄凉。

前辈诗评家认为：此诗以前三句写当年之胜况，而后一句寓伤逝之情。虽只一句，而力足将前三句扳转，"只今惟有"四字有扛千钧之力，"鹧鸪飞"三字，乃当前实景也。

次年，李白游苏州，作有同类题材的《苏台览古》：

> 归苑荒台杨柳新，菱歌清唱不胜春。
> 只今惟有西江月，曾照吴王宫里人。

两诗对照后不难看出，"苏台"诗前三句讲衰，后一句讲盛；而"越中"诗，前三句讲盛，后一句讲衰，冲击更强烈。

对于此诗的写作时间有不同说法，一说在唐玄宗开元十四年（726），一说在天宝六年（747）。安旗认为，李白在天宝三年春辞别朝廷后，"一连几年滞留吴越，寓居金陵，表面上生活十分狂放，实际上内心却十分痛苦。他既为自己被斥去朝愤愤不已，又为朝政昏暗忧心忡忡。此期一系列览古、怀古之诗实际上都是借古讽今之作……直抒胸臆，抨击时政"（《李白全集编年笺注》第5页）。也就是说重点不在怀古，而是伤今慨叹，因而此诗当写于天宝六年为是。不难看出，李白这些诗如有韵的《春秋》，无疑可作史诗读也。（2020年12月5日，本文首发于《北京晚报》，发表时版面所限，略有删节）

"浙东唐诗"品王维

王维的诗画,被才高八斗的苏东坡誉为"诗中有画,画中有诗",又因他精深佛理,还有"诗佛"之称。有趣的是王维与李白有诸多相似:两人同岁,都出生于公元701年,即或寿期也相差无几,踵继离世,两人并峙于唐代诗坛高峰。然两人仕途功名迥异,王维少年英俊,诗画俱佳,从人游宴,一时成为京城王公贵族的宠儿,是名副其实的"小鲜肉"。后来又扬名科举,高中状元。仕途虽非一帆风顺,也曾遭贬,但随后东山再起,官至尚书右丞,世称"王右丞"。而李白抱宏图大志,有一腔热血,只是在请托之下,才辗转入朝,封了一个"翰林待诏",最后因不入"潮流",被唐玄宗贬斥为"非廊庙器",郁郁然离开京都。

仕途受挫后,王维入佛思想愈加浓厚,慨叹"一生几许伤心事,不向空门何处销","爱染日已薄,禅寂日已固";而李白则在"出世"与"入世"之间矛盾徘徊,翻覆不定。明学者胡应麟评说:"太白五言绝,自是天仙口语,右丞却入禅宗。"不过他们两人在一段时间的共同点是悠游林泉,借酒消愁,寻找精神自由,几乎都在越中山水美景中得到些许解脱。

据竺岳兵先生考证,王维游越约在开元十年(722)以后几年,在越中停留甚至寓居时间并不算短,王维还与弟妹同住会稽若耶溪畔,写有多首诗篇。其中《别弟妹》写道:"宛作越人言,殊甘水乡食。别此最为难,泪尽有余忆。"较为有名的是《皇甫岳云溪杂题五首》,内中云溪即为"五云溪"省称，是若耶溪别称。皇甫岳是王维的好友，其从祖父皇甫忠曾是开元十年（722）越州刺史。诗中"采莲""弄篙""鸬鹚""轻舟""绿萍"等字眼描写了江南山水景色。

王维在《送缙云苗太守》中写道："方从会稽邸，更发汝南骑……露冕见三吴，方知百城贵。"诗中的"会稽"不用多释，而"三吴"按《水经注》记述是指吴郡、吴兴、会稽三地。

王维曾专程到诸暨寻觅名山芳踪，他去东白山会晤佛中好友道一和尚。东白山又名太白山，为会稽山主峰，既是道家求仙之所，也是佛家修行圣境。道一和尚是浙江余杭人士，在东白山结庐修佛，与名流多有过从，而王维是道一挚友之一。

在东白山，王维与道一和尚话题深入，谈兴颇浓，并住宿山中寺院，写下《投道一师兰若宿》：

　　　　一公栖太白，高顶出风烟。梵流诸壑遍，花雨一峰偏。
　　　　迹为无心隐，名因立教传。鸟来远语法，客去更安禅。
　　　　昼涉松路尽，暮投兰若边。洞房隐深竹，清夜闻遥泉。
　　　　向是云霞里，今夜枕席前。岂唯暂留宿，服事将穷年。

兰若，是梵语"阿兰若"的略称，后泛指佛寺。也有说，此诗是王维隐居终南山之作。

王维还写有《浣纱女》诗：

　　　　清浅白沙滩，绿蒲尚堪把。家住水东西，浣纱明月下。

诗中"浣纱"和"家住水东西"，显然是描写西施、郑旦在浣江两岸浣纱的故事。

对于西施美女，王维早已钟情，其十六岁所作《洛阳女儿行》就写道："谁怜越女颜如玉，贫贱江头自浣纱。"

当然，王维在诸暨写下最脍炙人口的是名满天下的《西施咏》，诗云：

> 艳色天下重，西施宁久微。朝为越溪女，暮作吴宫妃。
> 贱日岂殊众，贵来方悟稀。邀人傅脂粉，不自著罗衣。
> 君宠益娇态，君怜无是非。当时浣纱伴，莫得同车归。
> 持谢邻家子，效颦安可稀。

这首诗让同时期著名的三位女性，都出现在同一镜框里。诗中的西施不现自明，"浣纱"这个"伴"指郑旦。据史书载，西施、郑旦两人均出生在诸暨苎萝山下，自幼结伴在浣纱溪畔浣纱，两人天生丽质，又同时被征艳，献送于吴王。传说西施一直得到吴王夫差宠幸，郑旦则后来失宠，郁郁而亡。故而王维妙用了当年"浣纱伴""莫得同车归"的典故。至于"效颦"句，自然指东施的千古笑谈了。

艳丽女子向来为天下所重，美女西施怎可能长久低微？早晨还是浣江之畔浣纱少女，到了傍晚就变成了吴宫贵妃。贫贱之时看不出有什么与众不同，显贵方才领悟到她稀有的丽质。入献吴宫为爱妃以后，多少人为她涂脂抹粉，连穿着锦罗玉衣，她也不用自己动手。受宠幸的西施更加千娇百媚，吴王怜爱到从不计较她的是是非非。一起浣纱的当年同伴郑旦，再也不能与她同车回归。更要奉劝邻家东施女子，效仿皱眉怎能得到别人赏识？

这是王维实地寻觅西施古迹后有感而发之作，借西施、郑旦、东施的故事，讽刺当时世态纷繁的社会乱象，劝告世人不要故作姿态，仿效东施，博取别人赏识，这样会弄巧成拙，贻笑大方。王维是官员、诗人、居士的混合体，这种身份在诗中常常打架，露出其世俗的一面，这首诗就是典型的体现。

对于王维这首《西施咏》，历代诗家见微知著，如宋代刘辰翁评述说："语有讽味，似浅似深。"明代《唐诗归》云："艳情诗到极深细、极委曲处，非幽情人原不能理会，此右丞所以妙于情诗也。"清代乾隆时期的沈德潜认为："写尽炎凉人眼界，不为题缚，乃臻斯诣。"（《唐诗别裁集》）今人郁贤皓、竺岳兵也有评述，并考证出王维此诗约在开元十年以后写于越州诸暨，也有诗家认为此诗约作于天宝十二载之前。不过诗家、学者共同指向是：王维借题发挥，借情言志，飞鸣接翼，语有意外之痛，发泄对世态的不满，从而纾解胸中之块垒。（2020年12月27日，本文首发于《钱江晚报》）

诗坛盟主，诸暨县尉

严维是浙东唐诗之路上举足轻重的人物，他以越州人的身份，团结外来和本土的诗人，不时聚会唱和，集体创作了大量诗歌，为唐朝诗坛的繁荣做出了不可磨灭的贡献。又因他才华和号召力同具，众人服膺，因而被尊为"浙东诗坛盟主"。

严维（？—780），字正文，说他是唐朝越州人固然没错，但具体是越州属下哪个县，却有不同说法：南宋《嘉泰会稽志》说是山阴县人，清朝道光举人郭风沼著作《诸暨青梅词》说是诸暨县人，今人竺岳兵先生引经据典说是会稽县人。

严维素慕先祖严子陵高风，早先隐居在桐庐富春江畔。直到至德二载（757）才中进士。据《唐才子传》卷三载，严维"词藻宏丽进士及第"，可见其文章华实并茂，深得考官赏识。

科举功名有成，使严维跨入官场有门。然严维其时已四十多岁，加之家境贫寒，双亲年迈，如若远走他乡会有无尽的牵挂。于是他请求有司考虑这一实际情况，能否让自己就近任职。就这样，严维出任诸暨县尉。为此，严维写了一首自嘲诗："中年从一尉，自笑此身非。道在甘微禄，时难耻息机。"当时县级官衙的层级依次为县令、主簿、县尉，"尉"属吏级办事员。严维这个"中年县尉"对"微禄"甘之如饴！

工诗善文的严维，不热衷官场，怀念家乡的欢乐，以儒为业追求微薄的俸禄，人品才华冠于越州内外，《唐才子传》称严维"诗情雅重，挹魏晋风，锻炼铿锵，庶少遗恨"。当时的著名诗人都与他情投意合，以与他交友为荣。特别与岑参、刘长卿、皇甫冉、韩翃、李端往来甚频，唱游不绝。

严维有很强的交际能力，他依托鲍防的地位，举办了不少诗赋唱和会。鲍防（723—790）善写诗文辞章，天宝十二载（753）中进士，比严维早几年出道。其时的鲍防，为越州刺史和浙东观察使薛兼训的从事，江东文士多依之。后来升任观察使、礼部侍郎、御史大夫等职。

在鲍防和严维联手倡导下，分散在浙东的诗人不时聚会，举办多次唱和活动。《嘉泰会稽志》卷十云："兰亭王右军修禊处。唐大历中，鲍防、严维、吕渭而次三十七人联句于此。"乾隆《诸暨县志》卷二十载："唐大历年间，严维与郑概、裴冕、徐嶷、王纲等宴其园宅，联句赋诗，世传浙东唱和。"如此等等，不一而足。

作为诸暨县尉的严维，作为诗人的严维，经常往返于诸暨、会稽、山阴之间，关于吟诵诸暨之作自然会很多，然奇怪的是流传下来的很少，视野所及除他任职诸暨时写"中年从一尉"以外，就甚少见到其他涉及诸暨的诗歌。反倒是严维的两位好友写给他有关诸暨的诗被广泛传颂：一是刘长卿（709—786）的《送严维尉诸暨》，诗云："爱尔文章远，还家印绶荣。退公兼色养，临下带乡情。乔木映官舍，春山宜县城。应怜钓台石，闲却为浮名。"刘长卿作为挚友，对严维屈任县尉显然露出惋惜之情，又认为他过于顾家怜亲，对仕途也不无影响。刘长卿此诗当作于至德二载（757）。还有是另一好友皇甫冉（717—770）的《登石城戍望海寄诸暨严少府》，诗云："平明登古戍，徙倚待寒潮。江海方回合，云林自寂寥。讵能知远近，徒见荡烟霄。即此沧洲路，嗟君久折腰。"诗中的"严少府"就是诸暨县尉严维。这首诗是皇甫冉在今新昌石城山刘长卿的碧涧别墅所作。刘长卿在上元二年（761）至大历二年（767）主要栖迟在此，由此不难知道皇甫冉作此诗寄送给严维的年月。

　　从各种史书地志记载看，严维的诗歌行迹主要在越州所属的会稽、山阴、诸暨、余姚和剡中等地，尽管严维也曾升任余姚县令。严维除了应酬唱和甚广外，拜在他门下的弟子主要是章八元、灵澈，后成一时俊杰。严维在会稽的府宅名声甚大，多有诗人前来投宿，并留有诗作，主要是清江、皇甫冉、刘长卿、武元衡等。

　　关于严维任诸暨县尉的时间有不同说法。一说在至德二年（757）科举后，一说在宝庆元年至大历五年（762—770）之间，一说在大历十一年（776）或十二年，而乾隆、光绪《诸暨县志》笼统说是大历中期任职。综合各种资料，第二种说法比较靠谱。但不管严维何时任职诸暨县尉，一致的说法是：严维在诗坛享有崇高地位，是浙东唐诗之路的代表性诗人。

　　乾隆《诸暨县志》和光绪《诸暨县志》将严维分别列入《名宦传》。北宋《会稽掇英总集》收录其多首诗作。《全唐诗》将严维主要诗作编为第二百六十三卷，还有若干诗作散见他卷。（2021 年 3 月 14 日，本文首发于《钱江晚报》）

卢纶与诸暨县尉裴均倾诉衷肠

　　卢纶（739—799）是唐朝中期著名的诗人，"大历十才子"之一。他所写《塞下曲》组诗，风格雄浑，情调慷慨，字里行间充满英雄豪气，令人振奋，因而传颂千秋。唐大历年间，卢纶受官场牵连，失意去职，游历浙东，沿途写下不少诗作。他在诸暨与姨弟裴均会面，一首诗作倾诉衷肠，慨叹人生，别有况味在心头。卢纶的姨弟裴均非寻常之辈，诸暨县尉仅仅是他仕途的起步，其后官场开挂，直至彪炳史册。

　　那么卢纶是何时何因到浙东呢？

　　卢纶字允言，河中蒲县（今属山西）人。科举之途并不顺利，唐玄宗天宝年间赶考进士之时，适逢安史之乱发生，科举中止。唐代宗时恢复科试，卢纶赴考又名落孙山。

　　卢纶虽屡试不第，但确有才学，诗名传播尤广，为朝廷显宦所赏识，时任宰相元载极力举荐他，从而出任阌乡县（今属河南灵宝）县尉。另一位宰相王缙（王维的弟弟）认为这个舞台对卢纶还是太小，乃荐他为集贤学士、秘书省校书郎，其后卢纶又升任监察御史。由诗坛而入仕途，一时春风得意。但因卢纶没有功名，出任如此要职，有沸沸扬扬的议论在所难免。

　　政治风云变幻莫测，大历十一年（776），唐代宗李豫废黜鼎力相助自己平定叛乱、坐稳江山的宰相元载及王缙，赐元载自尽，贬王缙为括州（今浙江丽水）刺史。卢纶的职位由元、王一手举荐，自然受到牵连，一度被拘捕。后总算保全性命，走出牢狱，但削职为平民。

卢纶开始悠游林泉，排忧遣心。据《唐才子传》载，早在安史之乱时，他曾到过江西鄱阳湖。这个以写边塞诗闻名的才子，倾慕江南风景，这次便跨越浙江，来到风景秀丽的浙东越州。在越州，有他的好友皇甫温，有他的姨弟裴均，还有在越州相邻的括州为官的恩人王缙欢迎他。赴越路上，卢纶写下了《渡浙江》：

> 前船后船未相及，五两头平北风急。
> 飞沙卷地日黄昏，一半征帆浪花湿。

还有《山中咏古木》《题兴善寺后池》等诗作，多为人称颂。

由此，要转到对卢纶表弟、时任诸暨县尉裴均的介绍上来。

裴均是今山西闻喜人，名门之后。祖父为尚书祠部员外郎，父亲裴倩在宰相府元载门下任职。家学渊源，使裴均学问毫不含糊，一举以明经及第。"明经"与"进士"为唐朝科举的基本科目，以经学为主的试帖考中的是"明经"，以诗赋为主的试帖考中的称"进士"。回望过去，不少仕途显赫的官员多为"明经"出身。

明经及第后，裴均外放的第一个官职是诸暨县尉，其后步步高升，直到宰相（同平章事）高位。当年裴均外任诸暨县尉之时，卢纶正好来到浙东诸暨，于是写下了回顾往事、百感交集的《送姨弟裴均尉诸暨》，诗云：

> 相悲得成长，同是外家恩。旧业废三亩，弱年成一门。
> 城开山日早，吏散渚禽喧。东阁谬容止，予心君冀言。

诗题下自注云："此子先君元相旧判官。"

　　这里先要交代一下少年卢纶的家境，他早年失怙，导致贫穷困顿，因而在好长一段时间内，卢纶投靠母亲家系生活。卢纶母亲姓韦，与裴均母亲系同胞姐妹，舅舅韦渠牟深受唐德宗信任。卢纶在母系家中的生活在其诗作中时有流露，如"孤贱易蹉跎，其如酷似何。衰荣同族少，生长外家多"等。

　　厘清了上述关系，就有助于读懂卢纶送其表弟裴均的诗作。该诗题下注的"此子先君元相旧判官"中的"此子"，指时任诸暨县尉裴均，"先君"指裴均的父亲裴倩，裴倩曾任宰相元载的判官。唐时判官辅助主官处理事务，并无实权。主官倒台，僚属同时受累。首句的"相悲得成长，同是外家恩"，则是交代两家遭逢"相悲"境况和亲戚关系。"东阁谬容止，予心君冀言"，述说他本人和裴均父亲裴倩受到宰相府（东阁）事的牵连，如今事情虽已止息，"你希望我述说自己的心思，但我还是觉得往事不堪回首"。

　　与此相印证的还有唐代另一位诗人李端（743—782）所写的《送诸暨裴少府》诗：

　　　　山公访嵇绍，赵武见韩侯。事去恩犹在，名成泪却流。
　　　　一官同北去，千里赴南州。才子清风后，无贻相府忧。

　　题下也有注："公先人，元相公判官。"此处的"裴少府"，即裴均也。

　　裴均确非寻常之人：他从区区诸暨县尉起步，在政治漩涡中不断回旋上升，团练判官、膳部郎中、节度使、尚书右仆射等，直至同平章事，出将入相十多年，位极人臣，在任上善终；同时他还以著名诗人留名后世，在整个唐朝可谓是稀有之事。

　　故而，卢纶写给赴任诸暨县尉的姨表兄弟裴均的这首诗，深含一段风云变幻的故事。由此不难想见，"浙东唐诗之路"，白云苍狗，会孕育多少史诗佳作。

卢纶留下诗作众多，有《卢户部诗集》十卷，收录在《全唐诗》卷二百七十六至卷二百八十。（2021 年 2 月 15 日，本文首发于《北京晚报》，发表时略有删节）

"元白"竞相秀杭越

论唐诗者都认为，李白和杜甫是唐诗上的高峰——"李杜文章在，光焰万丈长"。稍后元稹和白居易又双峰特起——言诗者必称"元白"。这四位伟大诗人前后辉映，铸就了中国诗歌的不朽丰碑。当然，李白是诗仙，杜甫是诗圣，诗史影响无与伦比，然按照世俗或者学而优则仕的标准衡度，"李杜"实难望"元白"项背。

由于当时的政治约束，李白连科举资格都没有，从功名上说是白丁；杜甫虽多次应试，最后仍未考中进士，他们都是经过请托才辗转入仕，故而职虚位低，连白居易都慨叹李杜"不得高官职，仍逢苦乱离"。

而"元白"不但是"大学同学"，连"研究生"也是同届，仕途从容，期间有起伏，最后都峰回路转，几乎官至人臣 C 位，一在仕途上离世，一退职后养老以终。元稹比白居易小七岁，他的诗意气风发，锋头劲健，白居易形容："其心如肺石，动必达穷民……冤愤一言申"，因而容易得罪官僚，叮嘱元稹"像竹竿一样直来直去"，不利于仕途。吊诡的是，元稹职位升迁却比白居易快，且为白居易终生所无法企及。

"元白"分别在杭州和越州任过职：白居易于五十一岁那年，即822年10月到杭州任刺史，元稹于次年，即823年10月出任浙东观察使兼越州刺史。

唐朝时的越州和杭州的综合影响，有点类似今天换了位置的杭州和绍兴，即越州高于杭州。据唐朝《元和郡县图志》记载，当时全国行政区划设十个道，杭州和越州都属江南道管辖。以钱塘江为界，杭州属江南道浙西观察使管辖范围，浙西观察使治所在润州丹阳（今属江苏），管六个州，分别是润州、常州、苏州、杭州、湖州、睦州（今建德一带）。杭州下管八个县，分别为钱唐、余杭、临安、富阳、於潜、盐官、新城、唐山，这八个县没有一个"望县"，仅仅是"紧、上、中"的中小县级别。

而越州就不一样了，越州是上州，管七个县，分别是会稽、山阴、诸暨、剡（今嵊州、新昌）、余姚、萧山、上虞。除余姚、萧山、上虞级别为"紧、上"之外，其他四个都是名声卓著的"望县"，显然，越州属县规模远超杭州所管之县。更重要的是，越州还是江南道浙东观察使驻节之地，同时管着越州、婺州、处州（今丽水）、温州、台州、明州（今宁波），事实上越州的级别比杭州高出一截。

元稹除管理越州外，还管着其他五个州，职级事权比白居易高且宽泛。两人对自己所在州的山水人文，喜爱有加，纵情高歌。如白居易写杭州"乱花渐欲迷人眼，浅草才能没马蹄。最爱湖东行不足，绿杨阴里白沙堤"，"涛声夜入伍员庙，柳色春藏苏小家"，"未能抛得杭州去，一半勾留是此湖"，"余杭形胜四方无，州傍青山县枕湖"等，这些诗作无不令人击节称道。然窃以为，论白居易对杭州影响最大的作品当属《忆江南》三首，即：

江南好，风景旧曾谙。日出江花红胜火，春来江水绿如蓝。能不忆江南？

江南忆，最忆是杭州。山寺月中寻桂子，郡亭枕上看潮头。何日更重游？

江南忆，其次忆吴宫。吴酒一杯春竹叶，吴娃双舞醉芙蓉。早晚复相逢！

　　这三首词是白居易诗风的典型体现，语浅情深，晓畅流利，不用阐释就可明白。所写范围从面到点：第一首"江南好"，实可泛指长江中下游以南的秀丽山水，并不局限于杭州。第二首就特指了："最忆是杭州——山寺月中寻桂子，郡亭枕上看潮头。"在禅风明月中寻找桂花飘香，在郡亭斜卧时笑看钱潮拍岸。第三首写苏州："其次忆吴宫——吴酒一杯春竹叶，吴娃双舞醉芙蓉。"在春竹吐芽时品一杯吴酒，在芙蓉芬芳中赏美观舞。此处"吴宫"指代苏州，因为苏州曾是吴国都城。白居易先后出任过杭州、苏州刺史，但任职时间都算不得长，杭州到职是长庆二年（822）十月，至长庆四年五月离任，不足三年；苏州任职是在宝历元年（825）五月至宝历二年八月，两个年头，但白居易在宝历二年二月骑马跌伤，病休一月有余，至五月末，又眼病肺伤，请假百日，至九月初假满罢职，实授时间一年左右。

　　由此也印证了论者的观点，地方官员彪炳史册并不在于任职时间长短，除政绩可道外，重要的还得留下名篇佳作，这样才可传颂千秋。江山也赖伟人扶。

　　白居易《忆江南》三首词同时收录在《全唐诗》卷二十八、卷四百五十七和卷八百九十，题下小注"李德裕镇浙西，为妾谢秋娘制"。李德裕在长庆二年（822）九月任浙西观察使，与白居易任杭州刺史在同一年，是白的直接顶头上司，也是唐朝杰出的文学家和政治家。至于白居易与李德裕的政治纠葛，这篇小文就不展开了。

　　白居易对杭州情深意长——"自别钱塘山水后，不多饮酒懒吟诗"，且离开杭州时间越长，对杭州思念越浓，如这《忆江南》三首，就是白居易年届六十七岁高龄时写下的，可见他对杭州是怎样的魂牵梦绕。

　　还在杭州任上时，白居易获悉元稹将出任浙东观察使兼越州刺史，喜不自禁，于是在元稹赴越任职路过杭州时，设宴款待，且频频劝酒：

我住浙江西，君去浙江东。勿言一水隔，便与千里同。

富贵无人劝君酒，今宵为我尽杯中。

白居易与元稹虽系挚友同僚，但论现实官职还有差距，元稹已是"犀带金章"的高官，故白居易拿捏有度，笔锋一转，在祝贺中又自嘲了一把：

稽山镜水欢游地，犀带金章荣贵身。

官职比君虽校小，封疆与我且为邻。

郡楼对玩千峰月，江界平分两岸春。

杭越风光诗酒主，相看更合与何人。

唐长庆三年（823）十月，元稹在杭州与白居易盘桓数日后，便奔赴任职之地越州，没有想到这一履职长达七年。

元稹对越州的推介在诗中反映得淋漓尽致，乃至自夸州宅：

州城回绕拂云堆，镜水稽山满眼来。

四面常时对屏障，一家终日在楼台。

星河似向檐前落，鼓角惊从地底回。

我是玉皇香案吏，谪居犹得住蓬莱。

拂云堆，言高，指越州城围绕卧龙山蜿蜒展开；镜水稽山，指镜湖与会稽山；而"玉皇香案吏"句从道教引申，因道教称天帝为玉皇，香案吏是随侍帝王的官员，元稹曾为京中高官，故此自喻，现在即使被贬谪，也还居住在蓬莱仙境。

元稹也有杭越风光对比的诗作：

去去莫凄凄,余杭接会稽。松门天竺寺,花洞若耶溪。

浣渚逢新艳,兰亭诧旧题……

宋《嘉泰会稽志》卷十为此诗作注:

浣江在(诸暨)县东南一里,俗传西子浣纱之所。一名浣浦,又名浣渚。元微之诗云"浣浦逢新艳,兰亭诧旧题"。

元稹还对吴越两地的历史也对比写来,如《冬白纻》:

吴宫夜长宫漏款,帘幕四垂灯焰暖。

西施自舞王自管,雪纻翻翻鹤翎散……

舞腰懒,王罢饮,盖覆西施凤花锦……

共笑越王穷惴惴,夜夜抱冰寒不睡。

遥想当年,吴王拥美而睡,越王抱冰而眠,一个骄奢淫逸,一个卧薪尝胆,那经典的历史在优美的诗句中汩汩流出。

再回到元稹夸越州州宅的诗。自白居易收到这首诗作后,便明白元稹在打趣自己,很快作了回音:

贺上人回得报书,大夸州宅似仙居。

厌看冯翊风沙人,喜见兰亭烟景初。

日出旌旗生气色,月明楼阁在空虚。

知君暗数江南郡,除却余杭尽不如。

诗中的冯翊,即同州(今属陕西),元稹此前在同州做过刺史,那边风沙蔽人,来到山明水秀的越州兰亭,自然喜上眉梢。到了末联,白居易就直白地说了，你一一数道江南名郡，然除了我的杭州，其他都不怎么的。

元稹了然白居易在暗中较劲，随之复白居易，其中就有"天下风光数会稽"，"会稽天下本无俦，任取苏杭作辈流"等名句。两位诗人大显风流，真是棋逢对手。

元白共同夸赞杭越的诗句也很多。如元稹写钱江潮水："翻风驾浪拍何处，直指杭州由上元。上元萧寺基址在，杭州潮水霜雪屯。潮户迎潮击潮鼓，潮平潮退有潮痕。"白居易有"浙右称雄镇，山阴委重臣"句，浙右指浙水之西的杭州，山阴指代越州。这雄镇由我来管理，而你这位浙东观察使重臣去镇守声望隆重的越州。"越国封疆吞碧海，杭城楼阁入青烟。"你古越国疆域吞云吐海，我杭州城雕梁楼阁直入云烟。白居易进而自嘲："白首余杭白太守，落拓抛名来已久。"随之又抒衷肠："东南山水越为首……夫有非常之境，然后有非常之人栖焉。"

故此，"元白"诙谐幽默、意境深远的杭越诗文，不但是浙东唐诗的重要组成部分，也是中国诗史上的绚丽篇章。（2021年4月26日，本文首发于《北京晚报》）

诗僧贯休与诸暨五泄

贯休（832—912）是唐末五代时著名的诗僧、画僧和书法家。俗姓姜，字德隐，婺州兰溪（今浙江兰溪市游埠镇）人。出家兰溪和安寺，后在诸暨五泄禅院修行十年。其《送僧入五泄》有"九年吃菜粥，此事人少知"诗句。

贯休的诗超尘脱俗，诗名远扬，与当时著名诗人陈陶、方干、李频、韦庄、罗隐等多有交往酬唱，颇有影响。工诗擅画，所画罗汉状貌高古，在中国绘画史上享有很高地位。又长于书法，号姜休。是诗、画、书全才。

约在乾宁（894—897）初年，贯休离开越州诸暨，自谓其时已"伊余头已白，不去更何之"，先赴湖北荆州游方，最后又到蜀地，并在那里终老。其名句"一瓶一钵垂垂老，万水千山得得来"传播广泛，也反映出他晚年生活的困顿落寞。

《全唐诗》卷八百二十六至卷八百三十七收录其大量诗作，他为后人留下了丰厚的文学遗产。

竺岳兵先生在《唐诗之路唐代诗人行迹考》中有《贯休与诸暨》一文，征得浙东唐诗新昌研究中心主任徐跃龙先生同意，将竺先生之文辑录摘编如下。

贯休是著名的唐代诗僧，但人们对他早年生活了解得很少，他自己也说过："九年吃菜粥，此事少人知。"对于这九年的生活，在他本人在世时已"少人知"了。

这"少人知"的生活，指的是他曾居越州诸暨县城东北约30公里的五泄山五泄寺九年这段历史。对此，各种史志文献均失记载，甚至误载。《宋高僧传》及《唐才子传》等，对贯休这一时期的生活只字未提。直到现在，研究家们在论著、笺注中，也没有说到贯休与诸暨的关系，即使说到了，也如《中国文学家大辞典》《唐诗大辞典》所载，把五泄讹在婺州（今浙江金华市）。

然而，婺州没有五泄山，也没有五泄山寺。五泄山寺在今诸暨市西五泄乡。《嘉泰会稽志》卷九云："五泄山在（诸暨）县西五十里。"《水经·浙江水注》云："泄溪……溪广数丈，中道有两山夹溪，造云壁立。"即指此诸暨五泄。《浙江通志》卷十五在引用《水经注》的这段话后说："诸暨县泄溪，中道有两高山夹溪，造云壁立。凡有三泄，泄悬三十余丈，广十丈。中二泄不可得，至登山远望，乃得见之。下泄悬百余丈，水势高急，声震水外。上泄悬二百余丈，望若云垂，此是瀑布。土人号为泄也。《旧浙江通志》（诸暨）县西五十里与地志山峻而有五级，故以为名，习约谓之小雁荡。"这是说"造云壁立"的有三泄，中间二泄要登高才能看见。

五泄山在晋代已得到开发，宋濂《游五泄山水志》："第四潭……侧有晋刘龙子墓，相传龙子尝钓于潭"可证。但寺院建造则自唐代高僧灵默始，宋濂在上文中云："复从崖东折，度略安桥，趋三学士院，为唐灵默禅师道场。"

灵默，唐贞元初在天台山，有《春日行天台山》《天台老僧》等诗。后居五泄山寺。元和九年至十二年（814-817），孟简为越州刺史、浙东观察使（《唐刺史考》卷一百四十二），要废除管辖内的寺院，时暨阳（今诸暨）县令李胄状举灵山，准许重造寺院，这就是今天诸暨五泄五泉庵。

关于贯休在五泄的时间，据他在《送僧入五泄》诗中所说是九年。诗云："五泄江山寺，禅林境最奇。九年吃菜粥，此事少人知。山响僧担谷，林香豹乳儿。伊余头已白，不去更何之。"首句之"江山寺"，即五泄山寺，后称五泄禅院。这里说的是九年，而他在《禅月集》中说他在五泄修禅有十年。可能九年是个实数，而十年是按头尾算的。

把越州的五泄误记在婺州，可能始于《宋高僧传》。《宋高僧传》卷十云：灵默在天台山，看到隋朝智者有文字写在墙上说："此地严炒，非杂器所居。"于是灵默移住白砂道场，再移住东道场，后来游剡县、东阳、诸暨三邑交界之东白山，俄然中毒。后来毒化脓流出，再行次浦阳，"有阳灵戍将李望，请默居五泄焉。"

按唐代至德天佑时期（756—907）今浙江建置，上述东阳和"行次浦阳"的浦阳属婺州，郯县、诸暨属越州。《宋高僧传》作者不知五泄在越州诸暨，故作了"行次浦阳，有阳灵戍将李望，请默居五泄"这样模糊的记载，而后世一直承袭其说，这里必须纠正之。

顺便还要一提的是：贯休足迹遍及浙东，他是僧人，但却以隐士身份出现在越州镜湖。其《春晚访镜湖方干》诗云："蒸花初酿酒，渔艇劣容身。莫讶频来此，伊余亦隐沦。"还有《曹娥庙碑》《怀四明亮公》《寄四明间丘道士》等诗，说明他的游踪，东至明州。而《泊秋江》《送僧归剡山》等诗，说明他在剡中盘桓了一段时间。又据《题简禅师院》云："机忘室亦空，静与沃洲同。唯有半庭竹。能生竟日风。"知他曾栖止于剡县沃洲，时在夏季。在他的诗篇中，出现"天台"一词计有十五次，表明他对天台山之钟情；又据《题灵溪畅公墅》诗，他可能还到过临海。

唐代，西施文图双峰并峙

西施之美，空前绝后，庙堂江湖无人不传，无人不写。文化繁荣昌盛的唐朝，对西施的赞美达到了一个新的高峰。不但讲出西施之美，而且还讲出了西施为什么这么美；不但用文字的形式，而且用了最直观的图画描绘西施之美。审美的高度达到了让人刮目的地步。

一、西施形象的文字传承

西施之美首见于先秦诸子百家。《慎子》云：西施是天下最漂亮的女子。《尸子》说：人们往往想到西施，是因为她的相貌实在太漂亮了。《庄子·天运篇》说：

> 西施病心而颦其里。其里之丑人见而美之，归亦捧其心而颦其里。其里之富人见之，坚闭门而不出；贫人见之，挈妻子而去走。

那么西施为什么在"病心"时反而楚楚动人，世人更显爱怜呢？唐朝成玄英在其《庄子疏》里如此解释：

> 西施，越之美女也，貌极妍丽，既病心痛，颦眉苦之，而端正之人，体多宜便。因其颦眉，更益其美，是以同里见之，弥知

爱重。

成玄英是唐代杰出的道学理论家，对老庄之学研习颇深，他解释西施病心之美，体现出他既重玄学，又熟习道家哲学的思辩观点。

东晋王嘉《拾遗记》列有《夷光篇》，描写了西施、郑旦的"惊天之艳"。其文曰：

> 越谋灭吴，畜天下奇宝、美人、异味以进于吴，得阴峰之瑶，古皇之骥……又有美女，一名夷光，二名修明，以贡于吴。吴处以椒花之房，贯细珠为帘幌，朝下以蔽景，夕卷以待月，吴王夫差目之，若双鸾之在轻雾，沚水之漾秋蕖，妖惑既深，怠于国政。

还有论者认为，西施之美只应天上有，非人间所能觅，如宋玉《神女赋》有表达：神女姣丽，"其象无双，其美无极；毛嫱鄣袂，西施掩面，比之无色。"要与西施比颜色，只有请神女下凡尘。人与仙当然不属同类。这样的写法反衬西施之至美。

如果说士大夫阶层是思维活跃，脑洞大开，那么封建统治阶级的最高层又是如何看待西施的呢？

南朝梁简文帝萧纲有诗道西施："晚叶藏栖凤，朝花指曙鸟。还看西子照，银床牵辘轳。"这朝花曙鸟、晚叶栖凤是否漂亮，要与西施对照一下便较其高下。无独有偶，梁元帝萧绎对西施也一掬深情："复值西施新浣纱，共向江干瞻月华。"抬头观看天边的新月，好像看到美丽的西施又来到江边洗涤浣纱。

唐朝诗人喷薄而出，一代又一代。他们描写西施的诗句就像长江之水源源不竭。如宋之问："越女颜如花，越王闻浣纱。一行霸勾践，再笑倾夫差。"君王英豪亦倾倒在西施美貌之下。如王维："艳色天下重，西施宁久微。"如此天下美艳，怎可能长久卑微？如李白："西施越溪女，出自苎萝山。秀色掩今古，荷花羞玉颜。"独步今古的西施，连高洁的荷花都感到自愧不如。白居易、韦应物都持相同观点："分无佳丽敌西施"，"西施且一笑，众女安得妍？"如此等等，不一而足。

李白"西施宜笑复宜颦"的诗句虽然已至极美，可后辈词人辛弃疾还要提升："歌欲颦时还浅笑，醉逢笑处却轻颦，宜颦宜笑欲精神"，摇曳生姿，横看竖看，顾盼生辉的西施活脱脱走了出来。

时光流逝，纵贯千年，大才子苏东坡横空出世。这位杭州太守，面对西湖，触景生情，浮想联翩，别有意味地将西湖形象升华，这就是"欲把西湖比西子，淡妆浓抹总相宜"的千古名句。把中国人的景观审美习惯，有机糅合到一种天人合一的哲学境界。从此"西子湖"的美称流播四面八方，西施与山水美景亦交融相伴，互相永恒。

二、西施形象的图画描绘

唐及唐以前对西施文字赞美车载斗量，那么画家们又如何呢？显然，画家们不会让这个绝世美女缺席。汉代王符曾云：绘画西施及毛嫱之图画来观看，可令人赏心悦目。可见汉代就有以西施命名的图画，但迄今未见其流传。

现在所能查阅到的是唐朝画家周昉所绘西施像。周昉，唐玄宗李隆基时期（685—762）的著名画家。字仲朗，京兆（今西安）人士，出身于仕宦之家，游走于卿相贵族之间，见多识广，能书善画，尤其是人物画，优游闲适，用笔简劲，色彩和谐，称绝一时，被誉为神品。

周昉绘西施图像除他本身的才华外，还有一个客观便利条件，即周昉曾任职越州（今绍兴）长史。长史地位仅次于刺史，也属显赫之职。所以周昉在西施故乡任职，无论从历史氛围、传说记载，还是古迹寻觅，都远胜他人，近水楼台也。

对于周昉所画西施图像，北宋著名的书画鉴定家、收藏家董逌在其《广川画跋》卷六《书周昉西施图》一文做了专题记述：

余谓若耶溪中采莲者，特其甚美，以见于尔，世亦得其绝丽而传，其浓纤、疏淡处可得按而求之。今世传古女人形貌尽出一概，岂可异而别哉！古人有言："画西施之面，善而不可说；规孟贲之目，大而不可畏。"若形者忘焉。若（周）昉之于画，不特取其丽也，正以使形者犹可意色得之，更觉神明颇异，此其后世不复加也。

南宋名士何汶的《竹庄诗话》亦载：

李仲谋家有周昉画，背面欠伸，内人极精，戏作此诗云云。韩子苍用此意题李伯时所画宫女云："睡起昭阳暗淡妆，不知缘底背斜阳。若教转盼一回首，三十六宫无粉光。"终不及坡之伟丽也。

周昉所绘西施是如此"神明颇异"，"不特取其丽"，然遗憾的是，这后世不可复得的西施画像只见文字记载，却未见实物传承，惜哉！周昉所绘西施像也许已失传，也许依然深锁故宫或收藏民间。

幸运的是，唐末五代著名画家周文矩的《西施浣纱图》已得与今人见面。周文矩是南唐画家，其生活轨迹在李璟、李煜时期。他在升元（937—942）中期，曾奉命在宫廷作图，又在李煜时期任翰林待诏。他工画佛道，尤精仕女，是出色的肖像画家。周文矩存世的西施画像，所画为西施浣纱劳作时的样貌——西施站在浣纱溪畔，身体侧右微倾，右手托着左手，上举一只盛满浣洗苎纱的篮子，静静放在身边。西施淡定闲适，好像面对清澈浣江之水，在映照自己的美貌。构图简洁，仅仅画了浣纱场景一角。江水边有些石头，用青绿渲染，呈现出简约版的"青山绿水"。此画为设色绢本。现藏故宫博物院。

由于唐代周昉所画西施未见，因而五代画家周文矩的《西施浣纱图》是现在所能见到的最早的西施像了。其后便是明代《苎萝西子志》上的西施像。两相对比后不难看出，这两幅跨度几百年的画中的西施，一纤细苗条，一微胖丰腴，时代审美观的变迁，在绝色美女的图像上得到充分映证。

到了清代，西施画像就不胜枚举了，如《芥子园画谱》中的、任渭长的、任伯年的等。当代绘画西施的有戴敦邦、吴山明等，其中李震坚所绘西施像尤其传神，为业界公认。

千古风韵西施殿

　　诸暨西施祠庙的建筑历史非常悠久，具体什么时代始有，已较难考索，传说汉代已有建筑。而有文字可查的至迟见于唐代，已有1200多年历史。唐朝文献诗赋中，两个著名人物李商隐和鱼玄机的诗作提到诸暨西施殿（浣纱庙），且互相印证。李商隐《蝶》有"西子寻遗殿，昭君觅故村"诗句，将古代两大美女西施与王昭君的故里遗迹分别写出。李商隐的诗提到西施至少有八首，如"亦若暨罗女，平旦妆容颜"，"绝代只西子，众芳唯牡丹"，"莫将越客千丝网，网得西施别赠人"等，可见李商隐对西施故事是如何的熟稔。

　　然而，有多种元素提到西施故里和西施殿宇的当数著名女诗人鱼玄机的《浣纱庙》："吴越相谋计策多，浣纱神女已相和。一双笑靥才回面，十万精兵尽倒戈。范蠡功成身隐遁，伍胥谏死国消磨。只今诸暨长江畔，空有青山号苎萝。"

　　鱼玄机的《浣纱庙》被诗家评为精品，这显然是一首经典咏史之作。整首诗几乎完整地讲述了西施的故事：诸暨苎萝山、浣纱女、吴越争战、西施由来、西施威力、伍胥死谏无效、范蠡功成身退，诸暨为西施在浣纱江畔建立"浣纱庙"以作纪念，然年久失修，在悠悠浣江畔（浣江所靠的山又名长山、陶朱山）只有那荒草青青的苎萝山。既道出西施祠庙之古老，又感慨浣纱庙倾覆不存。鱼玄机另一首诗作也提及西施："恐向瑶池曾作女，谪来尘世未为男。文姬有貌终堪比，西子无言我更惭。一曲艳歌琴杳杳，四弦轻拨语喃喃。"女性之间的相互比较，真是无所不在。

两位唐朝诗人为诸暨的西施祠庙留下了风韵之作，这也是浙东唐诗之路上颇具特色的亮点。

嗣后历宋元明清，浣纱庙、西子祠屡建屡毁，屡废屡建。

明代开国皇帝朱元璋《天生两奇绝》五言诗，赞美西施和郑旦，又提升了西施和郑旦的知名度。

明弘治初年（约1488），绍兴府训导、苏州人戴冠和友人唐之淳《苎萝感怀》："溪上西子祠，溪边浣纱石。山灵欲亡吴，生此佳冶色。"将西子祠与浣纱石对照着写，可知两处西施古迹早已相映生辉。

明代崇祯初年（约1630），诸暨知县张夬再度重修西子祠，西子祠内设有西施殿。"苎萝山麓垒石台一座，筑庐舍三楹。"张夬有诗云："庙貌轩轩傍浣纱，讴吟弦诵彻溪纱。萝石不沦不薰歇，绝胜河阳满县花。"张夬的《西子祠记》列明祠内联额。

祠门联：

山围古堞青萝色
水涌寒滩白苎声（此联借用元诗人吴莱《苎萝山》诗句）

西子龛联：

越锦何须衣义士
黄金只合铸娇姿

中庭擎柱：

驻节观风，想当年名娃粉黛，国士风流，俯仰千秋人物

飞觞醉月，问门外山色苍茫，溪声幽咽，浮沉几代兴亡

中庭脊柱：

排笑赴金闾，连宵歌舞，转盼间鸱飘鹿走，恨同一缕溪纱，谱入吴宫花草

含情归故苑，一叶烟波，到于今水绿山青，功并三千甲士，坐垂越国封疆

祠擎柱：

谩劳红粉行成，心越身吴，转瞬兴亡，千古犹夸侠骨

且喜青山依旧，风亭月榭，遗容俨雅，一朝重识芳卿

祠脊柱：

当年多少英雄，功收歌舞，叹霎时响屐成墟，把酒临风浇块磊

此地几番岁月，变历沧桑，寻佳话浣纱留胜，挥毫酹月费平章

匾额：

桃李重春

这里的"桃李重春"又蕴唐诗元素，这四字从唐朝诗人楼颖的《西施石》"岸傍桃李为谁春"中化出，由知县张夬亲书题额。

明代天启、崇祯年间，诸暨知县唐显悦、王章、张央、路迈等在西子祠庙还先后树立《西子祠记》《浣纱石记》《苎萝碑记》等碑文。至清代，西子祠因年久失修，曾一度圮废。

清道光二十二年（1842），经诸暨店口士绅陈延鲁（一作延庐）捐资重修。可谓明珰翠帔，照耀溪光，颇具规模。陈还捐田数亩，以备不时修葺之费。咸丰十年（1860），邑人王之杰撰有《修西子庙碑记》，记述陈延鲁捐资修建西子庙之由来。

清咸丰十一年（1861），西子庙又毁于太平天国战火。

民国初年，西施祠宇已风霜剥蚀，断垣残壁，荒草迷离。民国十八年（1929），乡绅陈锦文等集资再修，其《西子祠赓续募款赋》云："西子立祠也，不知秦汉以前，创从何代；惟见洪杨之后，毁于清时。访求古迹，率变荒基。"复建修成，有正厅三间，祠宇高敞，门额颜体直书"西子祠"三字，系里人、书画名家周嗣培署。祠前临旷地，植花栽竹，围以石栏，清丽幽静。民国二十三年，两庑又配筑南厅、北阁。正厅鎏阁，中供西施塑像，红颜秀眉，玉佩金环，手捧如意，雍容华贵。旁立宫女二，一持拂尘，一执宝剑，仙姿绰约。鎏阁顶端竖二小匾，一曰"归真处"，一曰"时雨之化"。左右置小联：

东壁图开，书中自有颜如玉
西子灵慰，事后还宜铸以金

两侧庭柱，高悬五米长漆金楹联：

劝夫差，勿无道；谏勾践，睦友邦。兴越恢复河山，毋忘生灵涂炭，茫茫劫尘，功难免过，从此痛心成隐疾
念老父，贫采薪；忆慈母，勤纺绩。君命出使救国，亲恩未报双全，滴滴哀泪，喜不胜悲，表明投水憾终天

南厅板联:

> 落花流水，千古梦境
> 淡妆浓抹，绝代佳人

西子庙殿东侧为诸暨县图书馆，大厅楹联:

> 府开东壁图书，文献岂徒关一邑
> 地接西子祠宇，美人相并各千秋

入口处建有木牌坊，横书"古苎萝村"四字，系时任诸暨县长汪莹题署。

抗日战争期间，诸暨县城区域遭日本侵略军飞机轰炸，西子祠殿宇亦未能幸免，大部分被炸毁，唯西施石质雕像尚存。

1958年4月，时任共青团中央书记的胡耀邦来诸暨时见到的已是西施殿残迹。复至"文化大革命"荡涤，西施殿宇只存遗址。

1986年，诸暨县人民政府根据诸暨人民的愿望以及海内外知名人士的提议，决定恢复重修西施殿。于1986年9月正式动工，1990年10月基本竣工。建筑包括西施殿、郑旦亭、古越台、沉鱼池、画眉桥以及西施塑像和浣纱女群像。大门为牌楼与宫门相结合的古朴形式，规模壮观。门额"西施殿"三字为书画大家刘海粟所书，从左到右排列呈现。赵朴初、沙孟海、刘海粟、王个簃、钱君匋等著名书法家题写诗词联语。

二十一世纪初期，诸暨市人民政府又在浣纱江畔东侧、与苎萝山隔江而望的金鸡山下的鸬鹚湾村落及原诸暨机床厂地块，扩建"西施故里"东区。江东江西，互相呼应，形成了较大规模的"西施故里"文化古迹景区。

　　弦歌不绝的西施祠庙在"浙东唐诗之路"的规划上，又将迎来新的发展机遇。美，永恒无敌；诗，摇曳心神。这个千年古迹将承载着历史文化的厚重，向人们诉说那一页页变幻的时空风云。（选自《古往今来说西施》，略有修改。浙江古籍出版社2018年4月版）

晋韵唐风　清逸高雅

魏晋南北朝

西施为之巧笑　曹　植[①]

南威为之解颜，西施为之巧笑，此容饰之妙也。子能从我而服之乎？

【注】

①曹植（192—232）：字子建。曹操之子。生前曾为陈王，谥号"思"，故称"陈思王"。节选自《七启》，见《汉魏六朝百三家集》之《陈思王集》卷一。

西子之玉颜[①] 曹　植

情骀荡而外得，心悦豫而内安。增吴氏之姣好，发西子之玉颜。

【注】

①此段见《初学记》卷十九所引曹植《扇赋》，不见于《陈思王集》。

西施之洁不可为 　嵇　康[①]

至公侯之命，禀之自然，不可陶易；宅是外物，方圆由人，有可为之理。犹西施之洁不可为，而西施之服可为也。

【注】

①嵇康（224—263）：字叔夜。三国曹魏时玄学代表人物。此段节选自嵇康《答张辽叔释难宅无吉凶摄生论》，见《汉魏六朝百三家集》之《嵇中散集》卷九。

西施之影 　陆　机[①]

臣闻积实虽微，必动于物；崇虚虽广，不能移心。是以都人冶容，不悦西施之影；乘马班如，不辍太山之阴。

【注】

①陆机（261—303）：字士衡，吴郡吴县（今苏州）人。曾任平原内史。此段节选自《演连珠》，见《汉魏六朝百三家集》之《陆平原集》卷一。

西施之颜[①] 陆 机

臣闻音以比耳为美，色以悦目为欢。是以众听所倾，非假北里之操；万夫婉娈，非俟西子之颜。故圣人随世以擢佐，明主因时而命官。

【注】

①节选自陆机《演连珠》，见《汉魏六朝百三家集》之《陆平原集》卷一。

西施心痛而卧于道侧 葛 洪[①]

昔者西施心痛而卧于道侧，姿颜妖丽，兰麝芬馥，见者咸美其容而念其疾，莫不踌躇焉。于是邻女慕之，因伪疾伏于路间，形状既丑，加之酷臭，行人皆憎其貌而恶其气，莫不睨面掩鼻、疾趋而过焉。

【注】

①葛洪（284—364）：字稚川，自号抱朴子，丹阳郡句容（今江苏句容）人。此段节选自葛洪《抱朴子外篇·刺骄》。

飞鸟睹西施而惊逝[①] 葛 洪

飞鸟睹西施而惊逝，鱼鳖闻九韶而深沉。

【注】

①节选自葛洪《抱朴子外篇·广譬》。

诸暨帖　王羲之①

诸暨、始宁属事，自可得如教。丹阳意简而理通，属所无复逮录之烦为佳。想君不复须言谢。丹阳亦云此语君。

【注】

①王羲之（303—361）：字逸少。琅琊（今属山东临沂）人，后迁会稽山阴（今浙江绍兴）。曾任会稽内史，领右将军。帖见《汉魏六朝百三家集》之《王右军集》卷一。

西施、郑旦惊天之美　王　嘉①

越又有美女二人，一名夷光，一名修明（即西施、郑旦之别名），以贡于吴。吴处以椒华之房，贯细珠为帘幌，朝下以蔽景，夕卷以待月。二人当轩并坐，理镜靓妆于珠幌之内，窃窥者莫不动心惊魂，谓之神人……吴王妖惑忘政，及越兵入国，乃抱二女以逃吴苑。越军乱入，见二女在竹树下，皆言神女，望而不敢侵。

【注】

①王嘉（？—390）：字子年，陇西安阳（今甘肃渭源）人。撰志怪小说集《拾遗记》十卷。此段节选自《拾遗记》卷三。

刻画无盐，唐突西子　刘义庆①

庾元规语周伯仁：“诸人皆以君方乐。”周曰：“何乐？谓乐毅邪？”庾曰：“不尔。乐令耳！”周曰：“何乃刻画无盐，以唐突西子也。”

【注】

　　①刘义庆（403—444）：字季伯，徐州彭城（今江苏徐州）人。南朝宋宗室，宋武帝刘裕之侄。此段选自刘义庆《世说新语·轻诋》。

勾践从诸暨罗山得西施、郑旦　孔　晔①

　　勾践索美女以献吴王，得诸暨苎罗山卖薪女西施、郑旦，先教习于土城山。山边有石，云是西施浣纱石。

　　诸暨县北界有罗山，越时西施、郑旦所居，所在有方石，是西施晒纱处，今名绰罗山。王羲之墓在山足，有石碑，孙兴公为文，王子敬所书也。

【注】

　　①孔晔：鲁迅以为即孔灵符。孔灵符（？—465），山阴（今绍兴）人。南朝宋时曾任会稽太守。编著有《会稽记》等。见《太平御览》卷四十七引孔晔《会稽记》、鲁迅《会稽郡故书杂集》。

五泄瀑布若云垂　郦道元①

　　（浦阳江）东径诸暨县，与泄溪合。溪广数丈，中道有两高山夹溪，造云壁立，凡有五泄。下泄悬三十余丈，广十丈。中三泄不可得至，登山远望，乃得见之。悬百余丈，水势高急，声震水外。上泄县二百余丈，望若云垂。此是瀑布，土人号为泄也。

【注】

　　①郦道元（约470—527）：字善长，范阳涿州（今河北涿州）人。编著有《水经注》四十卷等。此段节选自《水经注》卷十四。

诸暨县苎萝山　顾野王[①]

诸暨县苎萝山，西施、郑旦所居。

【注】

①顾野王（519—581）：字希冯，吴郡吴县（今江苏苏州）人。南朝梁时人。纂《舆地志》，有辑佚本。此段见施宿《嘉泰会稽志》卷九引《舆地志》。

隋唐时期

譬如西施　　释智颛①

譬如西施，本有心病，多喜矉呻，百媚皆转，更益美丽。邻女本丑，而教其矉呻，可憎弥剧，贫者远徙，富者杜门，穴者深潜，飞者高逝。彼诸人等，亦复似是。

【注】

①释智颛（538—597）：智者大师，俗姓陈，字德安。隋代荆州华容（今湖北公安）人。佛教天台宗大师。此段节选自智颛《摩诃止观》卷第二下。

从罗山得西施、郑旦　　欧阳询①

勾践索美女以献吴王，得诸暨苎罗山卖薪女西施、郑旦。

【注】

①欧阳询（557—641）：字信本，潭州临湘（今湖南长沙）人。唐朝书法家。奉诏主纂《艺文类聚》。此段见《艺文类聚》卷八引孔晔（晔）《会稽记》。

罗山，西施、郑旦所居　虞世南①

诸暨县北界有罗山，越时西施、郑旦本处，名纻罗。所在有方石，是西施晒纱处，今名纻罗山。

【注】

①虞世南（558—638）：字伯施，越州余姚人。"凌烟阁二十四功臣"之一。纂类书《北堂书钞》。此段见《北堂书钞》卷一百六十引晋孔晔《会稽记》。

美西施而学其颦眉　房玄龄①

若元康之人，可谓好遁迹而不求其本。故有捐本徇末之弊，舍实逐声之行，是犹美西施而学其颦眉，慕有道而折其巾角，所以为慕者，非其所以为美，徒贵貌似而已矣。

【注】

①房玄龄（579—648）：唐太宗李世民时宰辅，曾负责国史馆，先后监修《高祖实录》《太宗实录》《晋书》等。此段见《晋书》卷九十四《戴逵传》。

西施掩面　张　鷟①

依依弱柳，束作腰支；睒睒横波，翻成眼尾。才舒两颊，熟疑地上无华；乍出双眉，渐觉天边失明。能使西施掩面，百遍烧妆；使南国伤心，千回扑镜。

【注】

①张鷟（660—740）：字文成，道号"浮休子"。唐高宗调露年间进士。有小说《游仙窟》。此段见《游仙窟》卷一。

路逢西施① 　张　鷟

桂心曰："不辞歌者苦，但伤知音稀。"下官曰："路逢西施，何必须识？"

【注】

①此段见《游仙窟》卷四。

苎萝山下有浣纱石　　梁载言①

勾践索美女以献吴王，得诸暨苎萝山卖薪女西施。山边有浣纱石。

【注】

①梁载言：约691年前后在世。博州聊城人。曾任怀州刺史。纂《十道志》十六卷。此段见施宿《嘉泰会稽志》卷十一引唐梁载言《十道志》。

登姑苏台赋·思美人兮　　任公叔①

况复关梁坐隔，羁旅增愁。山木将落，汀葭乱秋。思美人兮何处，独怀邦兮远游。彼名遂以身退，顾与范蠡而同舟。

【注】

①任公叔：唐大历十二年（777）进士。此段节选自董诰等《全唐

《文》卷四百五十九。

诸暨县越王允常所居　李吉甫[1]

诸暨县，秦旧县也，界有暨浦诸山，因以为名。越王允常所居。

【注】

　　[1]李吉甫（758—814）：字弘宪，赵郡赞皇（今河北赞皇）人。位居宰辅。纂《元和郡县图志》。此段见《元和郡县图志》卷第二十六。

重台芙蓉赋·西子颜酡　李德裕[1]

是日际海澄廓，微风不起。涵丽景于碧澠，烂朝霞于清汜。鲜肤秀颖，攒立丛倚。疑西子之颜酡，自馆娃而戾止。

【注】

　　[1]李德裕（787—849）：李吉甫次子。位至宰辅。此段节选自董诰等《全唐文》卷六百九十六。

二芳丛赋·西施容冶[1]　李德裕

一则含情脉脉，如有思而不得，类西施之容冶，服红罗之盛饰，复似朱草发其英蕤，长离奋其羽翼。

【注】

　　[1]节选自董诰等《全唐文》卷六百九十七。

桃花赋·浣纱见影　皮日休①

或临金塘，或交绮井，又若西子，浣纱见影。

【注】

①皮日休（约833—约883）：字袭美，号逸少。复州竟陵（今湖北天门）人。咸通八年（867）进士及第。有《皮日休集》。此段节选自董诰等《全唐文》卷七百九十六。

馆娃宫赋·辇西施　黄　滔①

碧树之珍禽夏语，绿窗之瑞景冬曦。吴王乃波伍相，辇西施，珠翠族来。

【注】

①黄滔（840—911）：字文江。福建莆田人。唐乾宁二年（895）进士。此段节选自董诰等《全唐文》卷八百二十二。

吴人呼西施作娃　陆广微①

花山，在吴县西三十里，其山翁郁幽邃。晋太康二年，生千叶石莲花，因名。山东二里有胥葬亭，吴王阖闾置。亭东二里有馆娃宫，吴人呼西施作娃，夫差置，今灵岩山是也。

【注】

①陆广微：吴（今苏州）人，约于唐僖宗乾符三年（876）撰成《吴地记》一卷。此段见陆广微《吴地记》。

勾践进西施赋　　徐　夤①

当勾践之密谋，进西施而果验……今苎萝之山，越水之湾，恐是神仙之化，忽生桃李之颜。波浅丹脸，鸦深绿鬟。颦翠黛兮惨难效，浣轻纱兮妖且闲……晓别越溪，暮归吴苑。

【注】

①徐夤（873—？）：字昭梦。乾宁元年（890）进士。归隐福建莆田延寿溪。本段节选自董诰等《全唐文》卷八百三十。

萧思遇雨中遇西施　　林　登①

肖（萧）思遇，梁武帝从侄孙。父悫，为侯景所杀。思遇以父遭害，不乐仕进。常慕道，有冀神人，故名思遇而字望明，言望遇神明也。居虎丘东山，性简静，爱琴书。每松风之夜，罢琴长啸，一山楼宇皆惊。常雨中坐石酤歌。忽闻扣柴门者，思遇心疑有异，命侍者遥问。乃应曰："不须问。"但言雨中从浣溪来。及侍童开户，见一美女，二青衣女奴从之，并神仙之容。思遇加山人之服，以礼见之，曰："适闻夫人云，从浣溪来。雨中道远，不知所乘何车耶？"女曰："闻先生心怀异道，以简洁为心，不用车舆，乘风而至。"思遇曰："若浣溪来，得非西施乎？"女回顾二童而笑，复问："先生何以知之？"思遇曰："不必虑怀，应就寝耳。"及天晚将别，女以金钏子一只留诀。思遇称"无物叙情"，又曰："但有此心不忘。"夫人曰："此最珍奇。"思遇曰："夫人此去，何时来？"女乃掩涕曰："未敢有期，空劳情意。"思遇亦怆然。言讫，遂乘风而去。须臾不见，唯闻香气犹在寝室。时陈文帝天嘉元年二月二日也。

【注】

　　①林登：生活在中晚唐。其《续博物志》已佚。见李昉等纂《太平广记》卷第三百二十七引唐林登《续博物志》。

史迹史话 悠悠古韵

唐诗中的西施古迹

苎萝山（罗山、纻罗山）

　　苎萝山，原名罗山，又名纻罗山，系古越名山。坐落在今浙江省诸暨市城南。以盛产"苎"与"萝"两种植物而得名。苎萝山名至迟见于东汉《越绝书》《吴越春秋》。宋末山阴人徐天祐引用三本典籍为《吴越春秋》作翔实注释：诸暨苎萝山为西施、郑旦故里。南北朝《会稽记》云："诸暨县苎萝山，西施、郑旦所居。"唐宋元明清代不绝书。谭其骧主编的《中国历史地图集》之北宋政和元年（1111）历史地图有苎萝山标志，南宋嘉定元年（1208）、王十朋《会稽三赋》、雍正《浙江通志》等除文字所载外，还有诸暨苎萝山图籍绘出。又见历代《诸暨县志》等诸暨地方志书。

唐诗中经常出现"苎萝山"，如李白"西施越溪女，出自苎萝山"，崔道融"苎萝山下如花女，占得姑苏台上春"等。

苎萝山下东侧为浣江（浣纱溪），溪边有浣纱石，浣纱石上有摩崖"浣纱"两字，世传为王羲之所书。江边建有浣纱亭。现苎萝山东麓有西施殿，极为古老。从苎萝山往南不远，有范蠡岩，系陶朱山组成部分。苎萝山西麓为苎萝村。苎萝山、苎萝村、浣江、浣纱石、浣纱庙、"浣纱"摩崖、西施殿、西施滩、西施坊、范蠡岩、范蠡坛、范相庙（又名陶朱庙）、鸬鹚湾村、四眼井、陶朱山、金鸡山等有机地组成了以苎萝山为中心的西施、郑旦故里所在。

苎萝山为历代名胜之地。王羲之生前经常游览，还有他如何题写"浣纱"两字的传说。古代文献有王羲之墓地在苎萝山一说。唐诗人徐黄谓"今苎萝山，越水之湾，恐是神仙之花"。二十世纪六十年代，因在诸暨苎萝山南侧建设诸暨最大规模的绢纺厂，需开辟公路通汽车，所筑公路穿苎萝山半腰而过，对山体有较大破坏，从而使原本不高的苎萝山更显低矮。然而"山不在高，有仙则名；水不在深，有龙则灵"，以此来描述诸暨苎萝山、浣江还是颇为契合。

浣纱石（西施石）

浣纱石，又名西施石，在诸暨苎萝山东麓、浣江之畔。浣江自南而北，流经此处，盘旋再折，水深色绿，流淌平缓，传为当年西施、郑旦浣纱之处。一巨大方石，古朴苍褐，临浣江而立。石上"浣纱"摩崖，世传为东晋大书法家王羲之手笔。从历代《诸暨县志》《苎萝西子志》《越中金石记》等记载可见，"浣纱"摩崖历史悠久。不少知府知县、文人学士专门写有《浣纱石记》等诗文。

浣纱石见之于史书记载与苎萝山几乎同时出现。南北朝宋孔灵符

《会稽记》："诸暨苎萝山，越时西施、郑旦所居，所在有方石，是西施晒纱处。"南北朝《舆地志》、唐朝《十道志》、南宋《嘉泰会稽志》和《方舆胜览》等都有记述。北宋《太平寰宇记》还特别强调："苎萝山，山下有石迹，本是西施浣纱之所，浣纱石犹在。"

历代文人学士关于浣纱石的诗作众多，如李白"西施越溪女，明艳光云海……未入吴王宫殿时，浣纱古石今犹在……若到天涯思故人，浣纱石上窥明月"，唐诗人楼颖《西施石》"西施昔日浣纱津，石上青苔思杀人"，唐诗人胡幽贞《题西施浣纱石》"徘徊浣纱石，想象浣纱人"等。

对于西施所浣之"纱"的质地和习俗，南宋《嘉泰会稽志》"诸暨"条引用北宋《越州图经》："苎之精者本出苎萝山，下有西子浣纱石。盖俗所谓苎纱者于此浣之。以故，越苎最为得名。夏侯开国《吴都赋》曰：织稀细越，青笺白纻……而乐府因是有《白纻歌词》。今外诸邑，独暨阳（诸暨别名）尤能以苎为布。虽不逮旧，盖苎萝遗俗云。"清楚点明西施所谓之"纱"是"苎纱"。以"苎纱为布"的浣纱工艺，诸暨依然独步越中，这与西施当年在苎萝山下浣纱习俗有着渊源关系。

浣江（浣渚、浣浦、浣纱溪）

浣江，又名浣浦、浣渚、浣纱溪，为浦阳江流经诸暨市内河道名称。又因地处古越，文人墨客吟诗作赋也以"越溪"泛称。苎萝山濒浣江有"浣纱石"，史载为西施当年浣纱处，江由此而得其名。浣纱石上摩崖"浣纱"二字，笔势飞搴，位置安然，世传东晋王羲之所书。唐长庆三年（823），元稹（元微之）出任越州刺史，在越八年，放意游览越国古地，歌咏会稽山水卷帙充盈。其《游越韵》即有"浣浦逢新艳，兰序诧旧题"诗句。浣浦（一作浣渚）是浣江的代称，"兰亭"

指代王羲之，诗中点到王羲之的"旧题"。北宋祥符年间进士、山阴人杜衍的《题苎萝村》与此呼应："两字忠贞昭白石，千年幽恨扫黄昏。"又点出了"白石"上的"浣纱"两字。南宋《嘉泰会稽志》把"浣纱"与王羲之题字结合在一起记录："浣江在诸暨县东南一里，俗传西子浣纱之所，一名浣浦，又名浣渚。元微之诗云：'浣浦逢新艳，兰序诧旧题。'"

《越中金石志》收录越中众多有名石刻，始自东汉章帝，止于元末顺帝时。编著者为清朝道光年间山阴人杜春生。此金石志对"浣纱"二字如此著录："'浣纱'二字，旧传王羲之书，在诸暨浣江石壁。""浣纱"两字世传为王羲之所书，见之于记载的还有很多。如明万历进士王思任、胡守恒和"紫岩外史"有专文谈及；天启三年（1622）诸暨县令唐梅臣、崇祯二年（1629）诸暨知县王章、崇祯年间宁波府推官李清、清乾隆《诸暨县志》、光绪《国朝三修诸暨县志》等，对"浣纱"两字都有清晰记述和摩崖拓片。

浣纱江畔、苎萝山麓很早就建有纪念西施的"浣纱庙"。唐代诗人李白《西施》云："西施越溪女，出自苎萝山……浣纱弄碧水，自与清波闲。"出任过越州刺史的唐诗人元稹有《游越韵》："浣浦逢新艳，兰亭诧旧题。"浣浦，又名浣渚，即浣江，唐代于濆《越溪女》："会稽山上云，化作越溪人……江边浣纱伴，黄金扼双腕。"南宋嘉定元年（1208）的历史地图集，清晰地绘出了浣江的方位流向。《嘉泰会稽志》和《文献通考》均载明诸暨浣江所在方位。浣江从浦江县发源，流经诸暨、山阴（今属绍兴）、萧山，直抵钱塘江，是古代越国的主要水运通道，故又属钱塘江支流。《辞海》等也有收录。

浣江碧波粼粼，回环于西施故里苎萝山和郑旦故里鸬鹚湾之间，一江两岸，牵起了众多古越胜迹如苎萝山、苎萝村、浣纱石、西施滩、金鸡山、浣江公园、浣纱大桥等等。白天货船、游船穿梭，晚间渔火点点、两岸璀璨。

苎萝村

位于苎萝山西麓。苎萝有东西两村，西施居西村，东施居东村。苎萝村于二十世纪五十年代改名为浣纱村。后来苎萝山北麓建起居民住宅，分别命名为苎萝一村、苎萝二村，今属于诸暨市浣纱街道。

苎萝村和西施家、东施家的称呼出现较早。唐代诗人李欣有"薄暮归去来，苎萝生碧烟"句，贯休有"夜雾开花坞，春潮入苎村"句。北宋《太平寰宇记》引述古文献云："诸暨县巫里，勾践得西施之所，今有西施家、东施家。"宋大中祥符进士杜衍有《题苎萝村》诗："曲曲溪流隐隐村，美人微步合朝暾……两字忠贞昭白石，千年幽恨扫黄昏。"宋景祐进士、诸暨知县丁宝臣有《过苎萝村》诗："过溪小雨晚风凉，凝望西村尚夕阳。"点出了"苎萝西村"。宋代秦观《望海潮·越州怀古》："天际识归舟，泛五湖烟月，西子同游。茂草荒台，苎萝村冷起闲愁。"元代杨维桢所记也作了印证："吾州诸暨有东、西施家，西家之秀钟于苎萝美人，而东家无闻焉。"民国初年苎萝山麓高悬"古苎萝村"门额。1933年郁达夫《诸暨苎萝村》则如此描述："苎萝山上进口处有'古苎萝村'四字的一块小木牌坊，进去就是西施庙，朝东面江，南面新建一阁，名北阁，中供西施石刻像一尊。"

西施滩

在浣江西岸，传为当年西施与浣纱姐妹们游栖之地，后人把这块滩头命名为西施滩。唐朝诗人崔道融凭吊千年古迹，作有《西施滩》诗一首："宰嚭亡吴国，西施陷恶名。浣纱春水急，似有不平声。"据乾隆《诸暨县志》载："《旧志》二十二坊，招贤、西施坊在西施滩。"由此，西施滩名声益发远播。

范蠡旧居

　　唐诗人张蠙有《经范蠡旧居》:"一变姓名离百越,越城犹在范家无。他人不见扁舟意,却笑轻生泛五湖。"在诸暨陶朱山翠薇峰下的紫山(俗呼格宝山)侧边的翠峰寺,有唐诗人皮日休书"藏经之殿"四字。北宋范仲淹知越州时,前来瞻仰并题诗:"翠峰高与白云闲,吾祖曾居水石间。千载家风应未坠,子孙还解爱青山。"南宋《嘉泰会稽志》载:"诸暨陶朱山有范蠡祠,相传为范蠡故宅也。山上有鸱夷井。又有范文公题词石刻。"

出西施、郑旦的苎萝山唯诸暨一家

诸暨苎萝山为西施、郑旦故里，史载分明。有些人士移花接木，混淆是非，不顾史载，竟把赝品"苎萝山"错位当作西施故里苎萝山，引起议论纷纷，识者无不嗤之。分清两地苎萝山的真假并不复杂，只要溯源史书记载，排列时代先后，串联文献记载，历代史书的记述就明白呈现。凡能断文识字者，即可判定两"苎萝山"的性质和真假。

一、两地"苎萝山"出现时间前后相距近千年

诸暨苎萝山：东汉（25—220）《吴越春秋》载有苎萝山。宋末山阴人（今绍兴）徐天祐引用三本经典，且现在依然留存可证的史书地志为《吴越春秋》作了翔实注释，说明《吴越春秋》诸暨苎萝山为西施、郑旦故里这一史实。

南北朝（420—589）孔灵符《会稽记》，有两次、两处载明诸暨苎萝山为西施、郑旦的出生地，诸如："勾践索美女以献吴王，得诸暨罗山（苎萝山）卖薪女西施、郑旦。"同时明确记载诸暨苎萝山下是浣纱石所在。稍后的《舆地志》与《会稽记》同一口径，有清楚记述。

隋唐（581—907）《北堂书钞》卷一百六十、《艺文类聚》卷八及《十道志》等，对诸暨苎萝山为西施、郑旦的故里记述分明。诸如"勾

践索美女以献吴王，得之诸暨苎萝山卖薪女西施。山下有浣纱石"
等。而李白的"西施越溪女，明艳光云海""若到天涯思故人，浣纱石
上窥明月"等诗句，将"越溪女""苎萝山""浣纱石"交织写出，互
相印证诸暨苎萝山。鱼玄机的《浣纱庙》如此写来："吴越相谋计策
多，浣纱神女已相和。一双笑靥才回面，十万精兵尽倒戈。范蠡功成
身隐遁，伍胥谏死国消磨。只今诸暨长江畔，空有青山号苎萝。"将诸
暨、苎萝山、浣纱女、浣纱庙、长（浣）江、范蠡与西施有机地联系
在一起，所含信息量非常丰富。

　　北宋（960—1127）国家级史书地志《太平御览》《太平寰宇记》
《元丰九域志》及《越州图经》，不但依照古代史籍清楚载明诸暨苎萝
山为西施、郑旦故里，而且还将所属各县山川一一列出，能很方便地
查到同州（府）所属的萧山县名下，均无苎萝山和西施文字内容。北
宋政和元年（1111）的历史地图，准确标注诸暨县苎萝山的方位所
在，而别地无。具体见谭其骧主编的《中国历史地图集》第六册。

　　南宋（1127—1279）众多史书地志对诸暨苎萝山记载清楚明白。
主要有《嘉泰会稽志》《会稽三赋》《方舆胜览》《舆地纪胜》等。嘉定
元年（1208）的"两浙路历史地图"载明苎萝山、浣江在诸暨的地理
方位所在；宋代王十朋《会稽三赋》的绍兴府全图，也只绘诸暨苎萝
山，别地无。具体见谭其骧主编的《中国历史地图集》第六册。

　　萧山"苎萝山"：萧山县名按照时间依次为余暨、余衍、永兴和萧
山。主流观点认为，萧山建县始于西汉初年。从萧山建县到南宋嘉泰
年间近一千四百年的所有史书地志中，都没有出现过冠以上所列任何
县名的萧山"苎萝山"，这都有据可查。那些"这里是""那里是"之
辞都是主观推测，而推测、假冒、编造都是徒劳。

　　萧山"苎萝山"始见于南宋《嘉泰会稽志》，约在1201—1204年
之间。但该志仅记录萧山有与诸暨苎萝山同名的这座山，在萧山条目
下出现"苎萝山"三字，再无其他文字。而同书在记载诸暨苎萝山条

目时，下面就有众多关于西施、郑旦出自诸暨的文字。这两座山的记载区别极为分明。《嘉泰会稽志》卷十一引经据典，依据古籍否定萧山出西施的可能性，同时认定萧山的"苎萝山"与西施故里毫无关系。这很容易查到。

历史记载不可移易篡改，这是历史研究的铁律。但就在这样的规则之下，竟还有个别缺乏历史地理变迁常识的人，故意撇开众多史证史载，以某个孤立零星的方位字去胡乱猜测——这"苎萝山"属这属那，试图将明白无误冠以诸暨县名的西施"苎萝山"偷梁换柱，实是在欺骗世人，糊弄大众。证明历史真实只能是清晰无误的文字，只能是可证可考的文献互为印证。只有权威可靠的历史记载，才能作为依据。客观史实是严峻无情的。

二、两地"苎萝山"本质完全不同

其一，诸暨苎萝山与萧山"苎萝山"，两者见诸记载的时间，诸暨的至少早八百年左右，这还仅计算了南北朝《会稽记》至南宋《嘉泰会稽志》这段时间；如果上溯至东汉以前，两者相距千年以上。直观地说，杭州建立南宋都城，迄今还不到九百年。由此可以比较出这两山出现的时间，中间隔了多少朝代。

其二，史载诸暨的苎萝山原名罗山，又名纻罗山，在史书中有时同时出现同时运用，其山名的演变与历代史载一脉相承，而萧山的则没有，也不可能有。

其三，诸暨苎萝山见诸记载时，还有浣江、浣浦、浣渚、浣纱石、卖薪女、西施家、东施家，以及勾践在诸暨苎里觅得西施等等文字伴随，内容丰富，互相佐证，而萧山的则没有，也不可能有。

其四，诸暨苎萝山出现时总有西施、郑旦等相关文字同时紧紧跟上，并说明此苎萝山为西施、郑旦所居之处，而萧山的则没有，也不可能有。

其五，诸暨苎萝山的文字记载与历史地图标记，联合亮相，著录描绘分明，如南宋《会稽三赋》、雍正《浙江通志》、谭其骧主编的《中国历史地图集》等府级、省级、国家级地图，莫不如此。自南宋嘉泰年间以后，即或有极个别书籍对萧山"苎萝山"也记上一笔，但没有任何文字说过萧山的"苎萝山"与西施、郑旦有任何关系，更没有在绍兴府级以上的地图出现过萧山"苎萝山"。因为此"山名"是仿冒而已，没有任何历史价值。这是历代史书地图无可置疑的结论。

其六，历代史书地志凡写到诸暨苎萝山，均有"人、物、山、石、河、家"等相关西施故里文字，然后有文字结论："诸暨苎萝山为西施、郑旦所居。"而后来迟出的萧山"苎萝山"，没有也不可能有任何此类文字。两者对比极为显明。

有些人以明清《萧山县志》县域图有"苎萝山""苎萝乡"来证明它是西施故里，如果不是故意混淆，就是缺乏历史常识。个别明清《萧山县志》有类似地名出现，也仅仅是记录这座仿冒山名而已，与"西施故里"毫不相干的。历史学界有公认通则：凡首见于明清的文字资料证之于先秦史事，一律无效。这条通则学界坚守，如著名历史地理学家陈桥驿教授就多次告诫，为学之人这个首先要搞清楚。因为明清与先秦相隔两千多年，相距的岁月实在邈远，就像用今人的文字去证明秦汉史事是否正确一样荒唐。

后世个别志书记录萧山"苎萝山"，也仅仅说明萧山有这么一座山存在，并不是说你这"山"是西施故里的苎萝山。这是完全不同的两个概念。类似杭州有西湖，并不能说福州西湖、南昌西湖、惠州西湖就可等同于杭州这个世界遗产地的西湖，彼此间不能混淆。

萧山此"山"名的来历，有种说法可作参考。当年西施由越入吴经过临浦，在此停留歇息，后人为纪念其行踪，在所经处建了西子庙用以纪念（西施祠庙诸暨、苏州等地都有，且历史更悠久。萧山"西子庙"是萧山唯一有载的西施纪念古迹，其他萧山的所谓"西施古迹群"都是该地近年按需新编生造，这从明清多部《萧山县志》和1984年出版《萧山地名志》查核对照，便可恍然大悟）。萧山西子庙前的这座山开始尚无其名，就以西子庙为坐标叫"庙前山"（至今还有人这样称呼这山）。后有人仿照西施故乡诸暨苎萝山之名，也叫起了"苎萝山"。这种做法在古代普通平常，较为常见，如陕西朝邑县有一座山也叫"苎萝山"，宜兴还有"苎萝宫"等，均是慕西施之名而仿叫的。

凡具历史常识稍加细察就不难辨识，萧山的这赝品山名与西施故里诸暨苎萝山完全不同，与西施故里更没有实质性关系，此"山"不是彼"山"。凡在2015年之前出版的所有官方《萧山县志》《萧山地名志》都没有正式论述所谓本地是"西施故里"，更不用说有什么西施、郑旦人物传了。诚望好事者不要再自欺欺人。特在文末附列"两山"记载对照表。（录自《古往今来说西施》，浙江古籍出版社2017年10月版）

诸暨苎萝山与萧山"苎萝山"记载对照（南宋以前）

出处　县别 时代	诸暨县名下	萧山县（永兴）名下
东汉 （25—220）	《吴越春秋》（徐天祐注本）载明诸暨苎萝山	均无此"山"记载
南北朝 （420—589）	1. 孔灵符《会稽记》载 2. 顾野王《舆地志》载	均无此"山"记载
隋唐 （581—907）	1. 《北堂书钞》载 2. 《艺文类聚》载 3. 《十道志》载 4. 《浣纱庙》载	均无此"山"记载
北宋 （960—1127）	1. 《太平御览》载 2. 《太平寰宇记》载 3. 《越州图经》载 4. 《元丰九域志》载 5. 政和元年（1111）两浙路地图载	均无此"山"记载
南宋 （1127—1279）	1. 《嘉泰会稽志》载 2. 《会稽三赋》载 3. 《方舆胜览》载 4. 《舆地纪胜》载 5. 嘉定元年（1208）两浙路地图载	《嘉泰会稽志》始载萧山"苎萝山"，但表明此"山"与诸暨苎萝山性质不同，在卷十一清楚写明只有诸暨是西施故里
特点和区别	1. 原名罗山，又名纻罗山，标明此苎萝山为西施故里。所载一脉相承 2. 有浣纱石、浣江、卖薪女等文字跟随 3. 文字与地图标识同具 4. 有西施、郑旦文字相伴印证。说明此"山"为西施、郑旦所居处	1. 此"山"形单影只，没有别名，没有其他文字。与西施、郑旦没有任何文字联系 2. 此"山"除明、清《萧山县志》外，未见任何图绘 3. 《嘉泰会稽志》多处认定萧山"苎萝山"与西施故里没有关系

史话厚重留印痕

南朝名士褚伯玉隐居东白山

孔灵符（？—465）《会稽记》记载：南朝刘宋时褚伯玉曾隐居东白山。褚伯玉（394—479），字元璩，钱唐（今属杭州）人。年轻时即有操守，没有特别的嗜好、欲望。婚礼那天，新娘从前门进入，伯玉从后门出去。后来他跑到东白山，隐居瀑布岭，在山上筑啸猿亭、疏山轩、齐云阁等。又建东、西二禅师道场。他体质异禀，性耐寒暑，当时人将他与王仲都（汉元帝时修道者，修炼已足以无视寒暑。见桓谭《新论》）相提并论。在东白山隐居三十多年，几乎与世隔绝。齐高帝即位时，下诏书征召褚伯玉出山做官，但褚伯玉依然隐居不就，可见其避世之深。

隋唐以降，成名于东白山的褚伯玉就成了"修道"的标杆。曾任诸暨县令的唐朝诗人丘丹，在归隐临平山之后，想起苏州刺史韦应物的治绩，都想拉着褚伯玉，去亲近韦苏州，一起做韦苏州的州民。且看丘丹《奉酬韦苏州使君》诗："久作烟霞侣，暂将簪组亲。还同褚伯玉，入馆忝州人。"剥开诗歌的层层衬托予以还原，丘丹向慕的是隐居、避世的褚伯玉，褚伯玉才是丘丹的心中楷模！

宋代高僧、诗人仲皎有《啸猿亭听猿》诗："放意在云表，飘然更自由。挂烟群木冷，啼月一山秋。袅袅清风里，凄凄碧涧头。三声融妙听，行客若为愁。"《疏山轩》诗："竹外泉声急，松心月色寒。人间推绝旷，只自倚栏干。"《东西二道场》诗："胜景东西白，高僧一二禅。只知行道处，不记住山年。涧月平分照，林花落自妍。披云寻旧址，犹在绛峰边。"《齐云阁》诗："山云吹断路头开，此处疑穿月胁来。怪底行人看碧落，笑谈容易作风雷。"然而岁月久远，这些历史古迹已难觅踪迹。

南朝文史学家诸暨县令裴子野

裴子野（469—530），字几原，南朝齐梁之际史学家、文学家。河东闻喜（今山西闻喜）人。他自幼勤奋好学，善于作文。初仕南齐，起家武陵左常侍、右军参军，后因父丧去职。梁朝建立后，出任冠军录事参军，迁国子博士，转尚书比部郎、仁威记室参军。后出任诸暨县令。

裴子野任诸暨县令时，以理取信于民，"百姓称悦，合境无讼"，治绩卓著。

其曾祖裴松之著有《〈三国志〉注》，宋元嘉中奉诏续修何承天未写完的《宋史》，没能完成就去世了。裴子野想继承先业续写《宋史》。到了齐永明末年，沈约的《宋书》先写成了，裴子野就将自己编写的《宋史》删简而为《宋略》二十卷，其叙事、评论多为人称道，沈约读了《宋略》，曾感叹道："吾弗逮也。"裴子野因学识获吏部尚书徐勉提拔，为著作郎，负责监修国史及起居注，兼任通事舍人。

后来，裴子野升通直散骑侍郎、知制诰，又迁中书侍郎。大通元年（527），转鸿胪卿、步兵校尉。中大通二年（530），卒于任上，时年六十二。追赠散骑常侍，谥号"贞子"。著有《集注丧服》二卷、《续裴氏家传》二卷、《众僧传》二十卷、《百官九品》二卷、《附益谥法》一卷等。

裴子野除了诸暨的治绩、史书的纂辑外，其贤德人品也广为世人传颂。他把俸禄分给生活困难的亲友，自己与妻子却饥寒度日，住着茅草屋，"唯以教诲为本"。中唐宰相权德舆（759—818，字载之）有《丙寅岁苦贫戏题》诗："有时遇丰年，岁计犹不支。颜渊谅贤人，陋巷能自怡。中忆裴子野，泰然倾薄糜。愧非古人心，戚戚愁朝饥。近古犹不及，太上那可希。"济贫自苦的裴子野，贤德堪比颜渊，权德舆此诗堪为存照。

唐朝文学家诸暨县令郭密之

郭密之，生卒年不详。万历《绍兴府志》载：郭密之于天宝八年（749）出任诸暨令，建义津桥，筑放生湖，溉田两千余顷，便利百姓，颇有政声。

唐玄宗开元十九年（731），高适北游蓟门，曾计划拜访王昌龄、郭密之，有诗作《蓟门不遇王之涣、郭密之，因以留赠》："适远登蓟丘，兹晨独搔屑。贤交不可见，吾愿终难说。迢递千里游，羁离十年别。才华仰清兴，功业嗟芳节。旷荡阻云海，萧条带风雪。逢时事多谬，失路心弥折。行矣勿重陈，怀君但愁绝。"于此可知，郭密之的家或在幽、蓟一带。他与王昌龄、高适有交游，生活年代相近。

郭密之曾有诗作刻在浙江青田县（属永嘉）石门洞摩崖上，其诗"古淡近选体"。《全唐诗》仅存郭密之《使永嘉经谢公石门山作》一诗，《全唐诗补编·全唐诗补逸》补收其《永嘉怀古》（一题作《石门山》）诗。青田石门洞摩崖上刻的大概是《全唐诗补逸》中的那一首《石门山》。作为盛唐诗人，诗仅存两首，却都与永嘉相关。也许出差永嘉，是郭密之存留下的数量有限的生活轨迹，弥足珍贵。

唐朝诗人诸暨县令丘丹

丘丹，唐肃宗、代宗、德宗时苏州嘉兴（今浙江嘉兴市南）人。历官检校尚书户部员外郎、监察御史。

丘丹曾出任诸暨令，秦系《山中赠诸暨丹丘明府》是一例证。秦系于天宝（742—756）末年避乱隐居越州剡溪山中；建中元年（780）秦系又到泉州，隐居九日山，空间距离变得遥远，此诗当作于剡溪山中。至贞元（785—805）初，丘丹隐居杭州临平山，则丘丹出任诸暨令当在贞元之前。又据南宋《嘉泰会稽志》卷九载，丘丹在唐代宗永泰（765—766）中，曾任越州萧山县尉，当时李萼为萧山令，有组织菊山唱和之举。综合起来看，丘丹任诸暨令最早可能在唐肃宗时，而从萧山县尉任上，于代宗大历年间升邻县诸暨县令，当是最为正常、最有可能的仕历。

丘丹归隐杭州临平山的起因有可探寻处。《全唐诗》留存了11首丘丹的诗，诗中充溢着"道"意，体现着他"爱丘山"的本性。而秦系的《山中赠诸暨丹丘明府》诗，竟是满满一首招隐诗！山中、白云、酒，何其有吸引力！再看丘丹的《奉酬韦苏州使君》诗"久作烟霞侣，暂将簪组亲。还同褚伯玉，入馆忝州人"，无疑，隐居诸暨东白山三十多年的褚伯玉，对任职诸暨令的丘丹影响甚大，褚伯玉已成丘丹的精神依归、人生高标，丘丹晚年的归隐显得极其自然。

唐朝诗人诸暨主簿王琚

王琚，怀州河内（今属河南）人。唐玄宗开元、天宝间，王琚参豫大政，拜银青光禄大夫、户部尚书，晋封赵国公，时号内宰相。后来因逸言而被玄宗疏远，放到外郡任刺史，为李林甫所构陷，最终自缢而死。

乾隆《诸暨县志》载：《资治通鉴》记唐玄宗先天元年王琚选补诸暨主簿。综合《旧唐书》《新唐书》的《王琚传》看，王琚于唐睿宗登基后到长安求进路，通过沙门普润等，得识太子李隆基，"于吏部选补诸暨主簿，于东宫过谢……"王琚"谈谐嘲咏，堪与优人比肩"，得到太子李隆基的喜爱，"与之为友，恨相知晚，呼为王十一"。李隆基即于次日"奏授"王琚出任詹事府司直、内供奉兼崇文学士，王琚自此"日与诸王及姜皎等侍奉焉，独琚常预秘计"。"逾月，又拜太子舍人，寻又兼谏议大夫、内供奉"。可见，第一，王琚"选补诸暨主簿"是在唐玄宗先天元年之前，当时李隆基正以东宫太子身份监国；第二，王琚自从"过谢东宫"后，得到监国的太子李隆基的赏识，李隆基立即做进一步推荐，王琚连连升职，恐没有出京实职到任诸暨主簿。

《全唐诗》留存王琚的诗仅4首，其中两首是王琚经过岳阳与时任岳州刺史张说的酬唱之作。

唐朝王轩梦境遇西施

唐人王轩因游诸暨苎萝山，探寻西施遗迹，而留诗于石上。诗云："岭上千峰秀，江边细草春。今逢浣纱石，不见浣纱人。"据说有一日，王轩梦中回头，只见一女子素衣琼佩对自己说："妾自吴宫归越国，素衣千载无人识。当时心比金石坚，今日为君坚不得。"王轩意识到了女子的奇异，吟诗为赠，曰："佳人去千载，溪山久寂寞。野水白烟横，岩花自开落。暖鸟旧清音，风月闲楼阁。无语立斜阳，幽情入天幕。"西子道："你的诗算是美了，但无法表达我的所念所思。"于是作诗赠答王轩，诗云："高花岩外晓相鲜，幽鸟雨中啼不歇。红云飞过大江西，从此人间怨风月。"时天色近傍晚，相约第二天在水滨相会。翌日，王轩前往，西子已在那里了。于是一起饮馔。王轩赋诗曰："当时计拙笑将军，何事安邦赖美人？一自仙葩入吴国，从兹越国更无春。"西子见诗，幽怨、向慕了好一阵子，才和诗云："云霞出没群峰外，鸥鸟浮沉一水间。一自越兵齐振地，梦魂不到虎丘山。"直到夜色笼罩，两人才恋恋散去。过了一段时间，两人又相遇水滨，流连忘返一月有余，王轩才回。可叹那郭素听闻如此艳事，也来游苎萝山，并在泉石间留下无数诗歌，终于没有遇见西施。无名子嘲笑郭素道："三春桃柳苦无言，却被斜阳鸟雀喧。借问东邻效西子，何如郭素学王轩？"听者无不大笑。（见《全唐诗》《国朝三修诸暨县志》卷六十等）

唐朝诸暨县令傅黄中喷嚏驱猛虎

唐傅黄中为越州诸暨县令，有朋友邀饮，饮而大醉，竟趁着月色夜行山中，临崖而睡。忽有猛虎在其身上嗅来嗅去，虎须触鼻中，傅黄中猛然一个喷嚏，如雷霆声震，猛虎惊吓后退，不意竟跌落山崖，腰胯折断，遂为乡人所获。此佚事可参见《朝野金载》卷二。

唐朝诸暨人高僧神邕

释神邕（710—788），字道恭，俗姓蔡氏，诸暨人。十二岁便辞亲向佛。开元二十六年（738）敕度，隶诸暨香严寺名籍。天宝年间诸暨县令郭密之，请神邕居住法乐寺西坊。后来神邕远游长安，留居安国寺。不久，又返回故乡诸暨，居住法华寺。殿中侍御史皇甫曾、大理评事张河、金吾卫长史严维、兵曹吕渭、诸暨长丘丹、校书陈允，纷纷与神邕赋诗往还。卢士式为神邕做前导，继高僧支遁、名士许珣之后，一起作山水之游，成为诸暨当地传颂的故事。神邕在修持念佛之外，时有诗文创作，有诗文集十卷。皇甫曾为他作序。神邕在诸暨县南主持建筑大历寺，有上首弟子智昂、灵澈、进明、慧照等，而灵澈更是当时一代诗僧。

唐朝诸暨人道士陈寡言的诗

陈寡言，字大初，越州诸暨人。中唐时道士，隐居于武当山玉霄峰。常以琴酒自娱，每每行吟咏怀，放情自适。卒年六十四岁。有诗十卷，《全唐诗》仅保存三首。其《上皇人》诗云："照水冰如鉴，扫雪玉为尘。何须问今古，便是上皇人。"《山居》诗云："醉卧茅堂不闭关，觉来开眼见青山。松花落处宿猿在，麋鹿群群林际还。"《临化示弟子》诗云："我本无形暂有形，偶来人世逐营营。轮回债负今还毕，搔首翛然归上清。"

唐朝诸暨人好直上人与许浑的交往

好直上人（784—839），俗姓丁氏，会稽诸暨人。投杭坞山智藏禅师落发。元和（806—820）初，受具足戒于杭州天竺寺。后前往江西洪州禅门，洞达禅学心要。又在本郡大庆寺求益者提训，逾二十多年，于是成为江东名僧。和文人儒士交往，善于鉴识、品评，故名望之人都愿意和他交游。好直上人常随意吟诗作文，其用词修辞之奇，往往令人意想不到。后来，好直上人成了长安（今西安）安国寺方丈。

诗人许浑（约791—约858）曾特地到诸暨拜访好直上人等友人，却已无从得见，便写下《再游越中，伤朱馀庆协律好直上人》诗："昔年湖上客，留访雪山翁。王氏船犹在，萧家寺已空。月高花有露，烟合水无风。处处多遗韵，何曾入剡中？"

唐朝诗人郑云叟作诗绝尘嚣

郑遨（字云叟）写诗，一律除去那些淫靡之词，与时尚流行词句迥然不同。如他的《富贵曲》云："美人梳洗时，满头间珠翠。岂知两片云，戴却数乡税。"有《咏西施》云："素面已云妖，更著花钿饰。脸横一寸波，浸破吴王国。"又七言《伤时》云："帆力劈开沧海浪，马蹄踏破乱山青。浮名浮利过于酒，醉得人心死不醒。"《咏西施》一说为杜光庭作。（见宋尤袤《全唐诗话》）

唐朝诗僧贯休之潇洒

贯休，俗姓姜，字德隐，婺州兰溪人。钱镠称吴越国王后，贯休写了一首诗给他，说："贵逼身来不自由，几年勤苦踏林丘。满堂花醉三千客，一剑霜寒十四州。莱子衣裳宫锦窄，谢公篇咏绮霞羞。他年名上凌烟阁，岂羡当时万户侯？"钱镠要求贯休将"十四州"改为"四十州"，才可以相见。贯休道："州亦难添，诗亦难改。然闲云孤鹤，何天而不可飞？"于是去了蜀地，写了一首诗拜见蜀主王建，诗歌是这样写的："河北河南处处灾，惟闻全蜀少尘埃。一瓶一钵垂垂老，千水千山得得来。秦苑幽栖多胜景，巴俞陈贡愧非才。自惭林薮龙钟者，亦得亲登郭隗台。"由此，蜀主王建与贯休有了深入交往。有一次，贯休与王建等吟诗时，有贵戚环坐，贯休吟《公子行》诗云："锦衣鲜华手擎鹘，闲行气貌多轻忽。稼穑艰难总不知，五帝三皇是何物？"王建称善，而环坐的贵戚都因此而恨他。贯休与齐己齐名。有《西岳集》十卷，吴融作序。后来，贯休死在蜀地。（见宋尤袤《全唐诗话》）

名士卢注慨叹"惆怅兴亡系绮罗"

卢注出身名门望族，家族声望甲天下，因仕宦而移家到荆南。报考进士，考了多次都没能考上。他曾赋诗道："惆怅兴亡系绮罗，世人犹自选青娥。越王解破夫差国，一个西施也太多。"晚年失意，赋《酒胡子》一篇云："同心相遇思同欢，擎出酒胡当玉盘。盘中跪鹾不自定，四座清宾注意看。可亦不在心，否亦不在面，狗客随时自圆转。酒胡五藏属他人，十分亦是无情劝。尔不耕，亦不饥；尔不蚕，亦有衣。有眼不能分黼黻，有口不能明是非。鼻何尖，眼何碧，仪形本非天地力。雕镂匠意苦多端，翠帽朱衫巧妆饰。长安斗酒十千酤，刘伶平生为酒徒。刘伶虚向酒中死，不得酒池中拍浮。酒胡一滴不入眼，空令酒胡名酒胡。"传为一时佳话。（见宋计有功《唐诗纪事》）

学人论李白、李商隐吟西施

黄鲁直诗云："世有捧心学，取笑如东施。"梅圣俞云："曲眉不想西家样，馁腹还须（如）二子清。"《太平寰宇记》载西施事云：施，其姓也。是时有东施家、西施家。故李太白《效古》云："自古有秀色，西施与东邻。"而东坡《代人留别》诗乃云："绛蜡烧残玉斝飞，离歌唱彻万行啼。他年一舸鸱夷去，应记侬家旧姓西。"似与《寰宇记》所言不同，岂为韵所牵耶？（见宋阮阅编《诗话总龟后集》卷十八）

"景阳宫井剩堪悲，不尽龙鸾誓死期。惆怅吴王宫外水，浊泥犹得葬西施。"观此，西施之沉信矣。杜牧所云逐鸱夷者，安知不谓沉江而殉子胥乎？"鸱革浮胥骸"，亦子胥事也。（见明杨慎《升庵诗话》卷五）

中　编

"唐诗之路"的支撑

"永嘉之乱"导致中国再次走向分裂，纷飞的战火迫使北方士人贵族仓皇南逃，先跨越长江，再惶惶然向东南，渡浙江，来到当时相对偏静之地浙东会稽。南逃者当中就有王、谢两家豪门贵胄。代表性人物有王羲之、王凝之、谢安、谢玄、许询、孙绰等，他们与当地隐逸高僧支遁、白道猷等坐而论道，闲适潇洒，崇慕佛道之学："朝乐朗日，啸歌丘林。夕玩望舒，入室鸣琴"，风雅闲逸的生活日渐浸淫于这偏安之地，如《兰亭集序》就是这种文化生活的产物。

有论者认为：南渡的北方士人看惯了广漠苍茫，如今明静秀丽的江南山水正好安顿他们宁静的心境，这就为南北文化的融合提供了地理上的可能、思想上的交流。东晋名士所代表的士文化与当地山水名人的碰撞结合，奠定了"浙东唐诗之路"的思想文化基因，体现了"浙东唐诗之路"的基本特点。

经过多年的唐诗深入研究，众多研究者认识到："浙东唐诗之路"在载体和时空上应有界定。比较一致的意见是：形式上，以诗为载体，融合其他文学手段；时间上起自魏晋，下迄唐末五代；范围上，指浦阳江流域以东，括苍山脉以北至东海，而其中的核心区域是浙东重镇越州所属七县，兼及天台山麓。

本编纂辑选注魏晋南北朝至唐朝五代有浓厚的诸暨山水人文元素的诗词323首，载体、时间和空间上都满足了上述关于"浙东唐诗之路"的所有条件。是首次有系统地集中展示这些作品。

魏晋南北朝

赠刘琨·勾践　卢　谌①

福为祸始，祸作福阶。天地盈虚，寒暑周回。

夫差不祀，衅在胜齐。勾践作伯，祚自会稽。

【注】

①卢谌（284—351）：字子谅。著有《祭法》《庄子注》及文集十卷。诗见《昭明文选》卷二十五。组诗二十首，此其十九。

登会稽刻石山①　王彪之②

隆山嵯峨，崇峦岩峣。傍觇沧洲，仰拂玄霄。

文命远会，风淳道辽。秦皇遐巡，迈兹英豪。

宅灵基阿，铭迹峻峤。青阳曜景，时和气淳。

修岭增鲜，长松挺新。飞鸿振羽，腾龙跃鳞。

【注】

①刻石山：一名鹅鼻山，屹立于诸暨、会稽两县界。《国朝三修诸

暨县志》卷五十九载："秦始皇至钱塘江，临浙江，水波恶，乃西从狭中渡。所谓狭中，即今富阳县绝江而东，取紫霄宫路是也。江流至此极狭，去岸绕二百步，水波委蛇，以此东渡，取道暨阳，昇至会稽山。今暨阳郭外有始皇庙宇，乃经从之处。"又云：会稽界处有刻石山，在诸暨县东长阜乡（今属枫桥）。传为李斯刻石铭功处，故山名刻石。也有说刻石山在会稽境内。

②王彪之（305—377）：出身琅琊（今属山东）王氏，为王导堂侄。初任著作佐郎，后迁御史中丞、会稽内史、尚书令等职。诗见唐《艺文类聚》卷八。

谶① 佛驮跋陀罗②

走戊与朝邻③，鹅乌子出身④。二天虽有感⑤，三化寂无尘⑥。

【注】

①谶：谶语，一种预言性质的韵语。谶纬，在两汉时期即流行。此谶见五代释静、释筠所辑《祖堂集》卷二（共二十卷），原著此谶各句后有双行小字注释。《祖堂集》卷二涉及佛教第二十八祖菩提达摩（东土初祖）的文字，记录了菩提达摩与其师般若多罗、万天懿与那连耶舍之师佛驮跋陀罗三藏的问答（以谶语形式作答）。般若多罗的谶语，预言了菩提达摩中土传法经历、中土传法之难；佛驮跋陀罗三藏的谶语，预言了中土佛家传承世代等问题，其中佛驮跋陀罗此谶涉及南阳国师慧忠（诸暨人）。《全唐诗补编·续拾》卷五十九将此谶归属菩提达摩，似有误。

②佛驮跋陀罗（359—429）：三藏法师。北天竺（今尼泊尔）人。度葱岭，由交趾经海路至青州东莱郡，继至长安，与鸠摩罗什等共译经典，传法中土。

③《祖堂集》卷二句后原注："走戊者，越字，（慧）忠国师是越州人也。与朝邻者，为国师。"据《五灯会元》卷第二，"南阳慧忠（695—776）国师者，越州诸暨人也。姓冉氏。自受心印，居南阳白崖山党子谷，四十余祀不下山，道行闻于帝里。唐肃宗上元二年，中使孙朝进诏征赴京，待以师礼。初居千福寺西禅院。及代宗临御，复迎止光宅精蓝十有六载，随机说法。"《国朝三修诸暨县志》卷四十《人物志》载，慧忠国师俗名冉虎茵。

④《祖堂集》卷二句后原注："鹅者，鹅州也，今越州是。乌者，鸣鹤县也，今诸暨县是，国师生此县也。"

⑤《祖堂集》卷二句后原注："二天者，肃宗、代宗二帝也。有感者，帝礼为师也。"

⑥《祖堂集》卷二句后原注："三化寂无尘者，二帝与国师俱寂也。"

会吟行·范蠡　谢灵运①

勾践善废兴，越叟识行止。范蠡出江湖，梅福入城市。

【注】

①谢灵运（385—433）：陈郡阳夏（今河南太康）人。晋安帝元兴二年（403）袭封康乐公。元嘉十年（433），被宋文帝刘义隆以"叛逆"罪名杀害。明人张溥辑有《谢康乐集》，收入《汉魏六朝百三家集》。一题作《吴会行》。节选自《谢康乐集》卷二。

西施整妖冶　谢惠连①

有客被褐前，投心自询写。自言擅声名，不谢赢甘贾。
臧否固消灭，谁能穷薪火。郦生无文章，西施整妖冶。

胡为空耿介，悲哉君志琐。

【注】

①谢惠连（407—433）：谢安幼弟谢铁之曾孙，谢灵运之族弟。后人把他和谢灵运、谢朓合称"三谢"。明代张溥辑有《谢法曹集》，收入《汉魏六朝百三家集》。此诗散句见宋吴棫《韵补》卷三。

西陵遇风献康乐诗·浦阳汭^① 谢惠连

靡靡即长路，戚戚抱遥悲。悲遥但自弭，路长当语谁。
行行道转远，去去情弥迟。昨发浦阳汭^②，今宿浙江湄。

【注】

①组诗写远游离别之情，一题作《西陵献康乐诗》。组诗五首，此其三，收入《汉魏六朝百三家集》。

②浦阳：与"浙江"对举，即指浦阳江。《越绝书》载："浦阳者，勾践军败失众，懑于此。"汭：江湾。浦阳江发源浦江县，主流经诸暨，从萧山入钱塘江，河道主要在诸暨境内。

谢法曹惠连赠别·浦阳汭 江　淹^①

昨发赤亭渚，今宿浦阳汭。方作云峰异，岂伊千里别。
芳尘未歇席，零泪犹在袂。停舻望极浦，弭棹阻风雪。

【注】

①江淹（444—505）：字文通。历仕南朝宋、齐、梁三朝。官至吏部尚书，散骑常侍、左卫将军，封醴陵侯。明人张溥辑有《江醴陵集》，收入《汉魏六朝百三家集》。此节选自《江醴陵集》卷之二。

入东经诸暨县下浙江作　何　逊①

疲身不自量，温腹无恒拟。未能守封植，何能固廉耻。

一经可人言，三冬徒戏尔。虚信苍苍色，未究冥冥理。

得彼既宜然，失之良有以。常言厌四壁，自觉轻千里。

日夕聊望远，山川空信美。归飞天际没，云雾江旁起。

安邑乏主人，临邛多客子②。乡乡自风俗，处处皆城市。

所见无故人，含意终何已。

【注】

①何逊（？—约518）：字仲言，东海郯（山东兰陵）人。明人张溥辑有《何记室集》一卷，收入《汉魏六朝百三名家集》。

②临邛：秦置县名。司马相如遇卓文君于临邛（今四川邛崃），此句借司马相如指称自己客游他乡。

咏美人　庾肩吾①

绛树及西施，俱是好容仪。非关能结束，本自细腰肢。

镜前难并照。相将映渌池。看妆畏水动，敛袖避风吹。

转手齐裾乱，横簪历鬓垂。曲中人未取，谁堪白日移？

不分他相识，唯听使君知。

【注】

①庾肩吾（487—551）：字子慎，南阳郡新野（今属河南）人。明人张溥辑有《庾度支集》，收入《汉魏六朝百三家集》。

双桐生空井·西子照　　萧　纲[1]

季月双桐井，新枝杂旧株。晚叶藏栖凤，朝花指曙乌。

还看西子照，银床牵辘轳。

【注】

①萧纲（503—551）：梁简文帝。字世缵，南兰陵（今江苏武进）人。梁武帝萧衍第三子。549年即位，551年为侯景所害。南朝宫体诗代表作家。明人张溥辑有《梁简文帝集》，收入《汉魏六朝百三家集》。

乌栖曲·西施浣纱　　萧　绎[1]

沙棠作船桂作楫，夜渡江南采莲叶。

复值西施新浣纱，共向江干眺月华。

【注】

①萧绎（508—555）：梁元帝。字世诚，自号金楼子。梁武帝萧衍第七子，梁简文帝萧纲之弟。552年即帝位于江陵。为襄阳都督萧詧所害。明人张溥辑有《梁元帝集》，收入《汉魏六朝百三家集》。

和赵王看妓·思浣纱石　　庾　信[1]

长思浣纱石，空想捣衣砧。临邛若有便[2]，为说解琴心。

【注】

①庾信（513—581）：字子山。南阳郡新野县人。年轻时入宫为太子萧统讲读，官至骠骑大将军、开府仪同三司。明人张溥辑有《庾开

府集》，收入《汉魏六朝百三家集》。

②临邛：秦置县名。司马相如遇卓文君于临邛（今四川邛崃），此借指司马相如。

唐朝五代

诸　暨

早发诸暨　　骆宾王[①]

征夫怀远路，夙驾上危峦。薄烟横绝巘，轻冻涩回湍。

野雾连空暗，山风入曙寒。帝城临灞涘，禹穴枕江干。

橘性行应化，蓬心去不安。独掩穷途泪，长歌行路难。

【注】

①骆宾王（约638—684）：字观光，婺州义乌（今浙江义乌）人。"初唐四杰"之一。曾官临海丞。684年，为起兵扬州反武则天的徐敬业作《代李敬业传檄天下文》。徐敬业兵败，骆宾王逃亡，或云被杀，或云为僧。有《骆临海集》。此诗作于调露二年（680），诗见《全唐

诗》卷七十九。

登石城戍望海寄诸暨严少府① 皇甫冉②

平明登古戍，徙倚待寒潮。江海方回合，云林自寂寥。

讵能知远近，徒见荡烟霄。即此沧洲路，嗟君久折腰。

【注】

①严少府：即任诸暨县尉的严维。此诗作于上元二年（761）至大历二年（767）之间。诗见《全唐诗》卷二百四十九。

②皇甫冉（716—769）：字茂政。大历十才子之一。天宝十五年（746）状元。

山中赠诸暨丘明府① 秦 系②

荷衣半破带莓苔，笑向陶潜酒瓮开。

纵醉还须上山去，白云那肯下山来？

【注】

①丹丘：或应作丘丹。贞元初丘丹隐居杭州临平山，则令暨当在贞元以前。秦系隐居剡溪在天宝末，则丘丹令暨当在肃、代之朝。诗见《全唐诗》卷二百六十。

②秦系（724—810）：字公绪，自号东海钓客、南安居士，越州会稽（今浙江绍兴）人。安史之乱时避难剡溪。后隐居泉州九日山。

送严维尉诸暨① 刘长卿②

爱尔文章远，还家印绶荣③。退公兼色养，临下带乡情。

乔木映官舍，春山宜县城。应怜钓台石，闲却为浮名。

【注】

①严维：字正文。《诸暨县志》以为山阴人；道光庚子举人郭凤沼自注《青梅词》以严维为诸暨人。至德二年（757）进士。与郑概等联句赋诗，世传"浙东唱和"。官终秘书省校书郎。卒年约在建中元年（780）。此诗当作于至德二载（757）。诗见《全唐诗》卷一百四十八。

②刘长卿（约726—约786）：字文房。唐玄宗天宝间进士。曾旅居江浙。后被贬睦州司马。与当时居处浙江的诗人皇甫冉、秦系、严维、章八元等有交游、唱和。

③还家：尉诸暨，出任诸暨县尉。唐时令尉，不限本土。

留别邹绍刘长卿① 严　维

中年从一尉，自笑此身非。道在甘微禄，时难耻息机。
晨趋本郡府，昼掩故山扉。待见干戈毕，何妨更采薇。

【注】

①此诗是严维赴任诸暨县尉留别邹绍、刘长卿的诗，也提到回"本郡府"任县尉。诗见《全唐诗》卷二百六十三。

越溪村居 戴叔伦①

年来桡客寄禅扉，多话贫居在翠微。
黄雀数声催柳变，清溪一路踏花归。
空林野寺经过少，落日深山伴侣稀。
负米到家春未尽，风萝闲扫钓鱼矶。

【注】

①戴叔伦（约732—约789）：字幼公。曾任新城令、东阳令、抚州刺史等。诗见《全唐诗》卷二百七十三。

送姨弟裴均尉诸暨①　卢　纶②

相悲得成长，同是外家恩。旧业废三亩，弱年成一门。

城开山日早，吏散渚禽喧。东阁谬容止，予心君冀言。

【注】

①裴均（750—811）：字君齐，绛州闻喜（今山西闻喜）人。大历中，明经及第。初为诸暨县尉，迁膳部郎中。后历任荆南节度使、加检校吏部尚书、尚书右仆射、同平章事、山南东道节度使等职，累封郇国公。著有《寿阳唱咏集》《渚宫唱和集》。诗见《全唐诗》卷二百七十六。

②卢纶（739—799）：字允言。"大历十才子"之一。官至检校户部郎中。有《卢户部诗集》。

送诸暨裴少府①　李　端②

山公访嵇绍，赵武见韩侯。事去恩犹在，名成泪却流。

一官同北去，千里赴南州。才子清风后，无贻相府忧。

【注】

①裴少府：诸暨县尉裴均。诗见《全唐诗》卷二百八十五。

②李端（743—782）：字正己。大历五年（770）进士。"大历十才子"之一。存《李端诗集》三卷。

送诸暨王主簿之任[1]　李　益[2]

别愁已万绪，离曲方三奏。远宦一辞乡，南天异风候。

秦城岁芳老，越国春山秀。落日望寒涛，公门闭清昼。

何用慰相思，裁书寄关右。

【注】

①王主簿：《诸暨县志》未见记载。诗见《全唐诗》卷二百八十二。

②李益（约750—约830）：字君虞。大历四年（769）进士。因仕途失意，弃官在燕赵漫游。以边塞诗著名。

越中山水　孟　郊[1]

日觉耳目胜，我来山水州。蓬瀛若仿佛，田野如泛浮。

碧嶂几千绕，清泉万余流。莫穷合沓步，孰尽派别游。

越水净难污，越天阴易收。气鲜无隐物，目视远更周。

举俗媚葱蒨，连冬撷芳柔。菱湖有余翠，茗圃无荒畴。

赏异忽已远，探奇诚淹留。永言终南色，去矣销人忧。

【注】

①孟郊（751—815）：字东野，湖州武康（今浙江德清）人。进士，曾任溧阳县尉。有《孟东野诗集》。诗见《全唐诗》卷三百七十五。

再游越中，伤朱馀庆协律好直上人^①　许　浑^②

昔年湖上客，留访雪山翁。王氏船犹在，萧家寺已空。

月高花有露，烟合水无风。处处多遗韵，何曾入剡中。

【注】

①好直上人（784—839）：诸暨人，俗姓丁，与许浑交谊深。诗见《全唐诗》卷五百二十九。

②许浑（约791—约858）：字用晦。唐文宗大和六年（832）进士。

秘色越器^①　陆龟蒙^②

九秋风露越窑开，夺得千峰翠色来。

好向中宵盛沆瀣，共嵇中散斗遗杯。

【注】

①秘色越器：指唐代越窑烧制的秘色瓷（青瓷）。考古发现，唐代及之前，诸暨多有窑址分布。诗见《全唐诗》卷六百二十九。

②陆龟蒙（？—约881）：字鲁望，自号天随子、江湖散人、甫里先生，长洲（今江苏苏州）人。隐居松江甫里（今江苏吴县角直）。与皮日休齐名，称"皮陆"。

枫 桥

挽 诗　张孝祥妻贾氏[①]

三十功名四十亡，有才无寿两堪伤。

夫妻镜里鸾分影，兄弟群中雁失行。

数尺红罗书姓字，一堆黄壤盖文章。

我来不敢高声哭，只恐猿闻也断肠。

【注】

　　①张孝祥妻贾氏：唐代诸暨大部乡（枫桥一带）孝感里（在今赵家镇）孝子张万和（657—727）之子妇。张万和字尧叟，由剡县徙居诸暨大部乡。父母殁，万和"庐墓二十余年，芝草生，甘泉出"（《嘉泰会稽志》卷十四）。万和"事亲居丧著至行"，"以孝悌名通朝廷，书于史官"，"天子皆旌表门闾，赐粟帛，州县存问，复赋税"（《新唐书》卷一百九十四《孝友》）。万和殁，子孝祥亦庐墓。诏旌其门，名其里曰"孝感"（《两浙名贤录》）。孝祥卒，其继配贾氏作挽诗一首，"哀而不伤，悲而有节，发乎情止乎礼义，《小雅》之遗也"（《孝感里志》卷六）。此诗亦见《原国立北平图书馆旧藏甲库善本丛书》收录之影印明刻本《新编寡妇烈女诗曲》，题为《鹧鸪天》。

泊枫桥[①]　张　继[②]

江上年年春早，津头日日人行。

借问山阴远近，犹闻薄暮钟声。

【注】

①宋王象之《舆地纪胜》卷十《绍兴府》"总绍兴府诗"列唐代张继《泊枫桥》诗。绍兴府"枫桥"，应即诸暨枫桥，隋唐时津头有桥。《全唐诗》将该诗列入卷二百五十，列为皇甫冉诗作，题为《小江怀灵一上人》。小江，或即枫桥江。

②张继（约715—约779）：字懿孙。天宝十二年（753）进士。

五 泄

越州观察使差人问师以禅住持、依律住持，师以偈答　灵　默①

寂寂不持律，滔滔不坐禅。俨茶两三碗，意在镢头边。

【注】

①灵默（747—818）：世称五泄和尚。俗姓宣，常州人。师马祖道一及石头希迁。唐贞元初入天台山，住白沙道场，移东道场。贞元末，移住越州诸暨五泄山。有藏奂、正原、苏溪、良价等法嗣。偈见《全唐诗补编·续拾》卷二十三。

牧护歌　苏溪和尚①

听说衲僧牧护，任运逍遥无住。一条百纳瓶盂，便是生涯调度。
愚人摆手憎嫌，智者点头相许。那知傀儡牵抽，歌舞尽由行主。
一言为报诸人，打破画瓶归去。

【注】

①苏溪和尚：即五泄小师，灵默禅师的法嗣。歌见《全唐诗补编·续拾》卷二十三。节选。

偈（三首） 正 原①

沧溟几度变桑田，唯有虚空独湛然。

已到岸人休恋筏，未曾度者要须船。

寻师认得本心源，两岸俱玄一不全。

是佛何须更求佛，只因从此便忘言。

刘民周续岂颠痴，弃世犹求远大师。

今日幸逢玄旨在，须将心地种禅枝。

【注】

①正原：五泄和尚灵默的法嗣。《五灯会元》载作"正元"。俗姓蔡，宣州南陵人。后住持福州龟山。唐咸通十年（869）卒，年七十八，谥"性空大师"。偈见《全唐诗补编·续拾》卷三十一。

题山房壁·珠林 牟 融①

珠林②春寂寂，宝地夜沉沉。玄奥凝神久，禅机入妙深。

参同大块理，窥测至人心。定处波罗蜜，须从物外寻。

【注】

①牟融：生活年代或稍早于长孙佐辅、章孝标等，贞和、元和间人。诗见《全唐诗》第四百六十七卷。

②珠林：乾隆《诸暨县志》据万历《绍兴府志》载，五泄西源，"林一，曰珠林。"珠林为五泄西源特有。

五泄泉　　克符道者①

发意当初问石头，江河心渍渺分流。

唤回指出毗卢印，便得如山万事休。

【注】

　　①克符道者：唐末禅僧，喜着纸衣，故称"纸衣和尚"。一生参究"人"与"境"四重关系，终有所悟。《景德传灯录》卷十二、《天圣广灯录》卷十三有传。诗见《全唐诗补编·续拾》卷三十五。

送无相禅师入关　　章孝标①

九衢车马尘，不染了空人。暂舍中峰雪，应看内殿春。

斋心无外事，定力见前身。圣主方崇教，深宜谒紫宸。

【注】

　　①章孝标（791—873）：字道正，睦州桐庐（今浙江桐庐）人。宪宗元和十四年（819）进士。与久居五泄之无相禅师为方外交。无相禅师入关赴长安，得赐紫衣。诗见《全唐诗》卷五百六。

辞北堂颂（二首）　　良　价①

未了心源度数春，翻嗟浮世谩逡巡。

几人得道空门里，独我淹留在世尘。

谨具尺书辞眷爱，愿明大法报慈亲。

不须洒泪频相忆，譬似当初无我身。

岩下白云常作伴，峰前碧障以为邻。

免干世上名与利，永别人间爱与憎。

祖意直教言下晓，玄微须透句中真。

合门亲戚要相见，直待当来证果因。

【注】

①良价（807—869）：俗姓俞，浙江诸暨人。初从五泄灵默披剃。离五泄至各地游历、参禅，在新丰山（江西宜丰境内）建"洞山寺"，接引后学，弘扬大道，世称"洞山良价"。与弟子曹山本寂（840—901）共同创立曹洞宗。存诗三十六首。诗偈见《全唐诗补编·续拾》卷三十一。

后寄北堂颂① 良 价

不求名利不求儒，愿乐空门舍俗徒。

烦恼尽时愁火灭，恩情断处爱河枯。

六根戒定香风引，一念无生慧力扶。

为报北堂休怅望，譬言死了譬如无。

【注】

①北堂，指代母亲。颂见《全唐诗补编·续拾》卷三十一。一题作《辞亲偈》。

缺 题① 良 价

吾家本住在何方，鸟道无人到处乡。

君若出家为释子，能行此路万相当。

【注】

①诗见《全唐诗补编·续拾》卷三十一。

经旷禅师旧院① 方 干②

谷鸟散啼如有恨，庭花含笑似无情。

更名变貌难休息，去去来来第几生。

【注】

①旷禅师：即道旷禅师。久居五泄。

②方干（809—888）：字雄飞，号玄英，睦州青溪（今浙江淳安）人。妻兄即章孝标。后居桐庐白云源。文德元年客死会稽，归葬桐江。与居五泄之旷禅师交厚。诗见《全唐诗》卷六百五十三。

送元遂上人归吴中① 许 棠②

落发在王畿，承恩着紫衣。印心谁受请，讲疏自携归。

泛浦龙惊锡，禅云虎绕扉。吴中知久别，庵树想成围。

【注】

①元遂上人：住五泄，为五泄和尚法嗣，受赐紫衣，居长安慈恩寺，与许棠、李频等交厚。后归锡钱塘。诗见《全唐诗》卷六百四。

②许棠：字文化，宣州泾县人。咸通十二年（871）进士。曾为江宁丞。后辞官，潦倒以终。许棠为诸暨戴昭之婿。

题慈恩寺元遂上人院① 许 棠

竹槛匝回廊，城中似外方。月云开作片，枝鸟立成行。

径接河源润，庭容塔影凉。天台频去说，谁占最高房。

【注】

①诗见《全唐诗》卷六百四。

送元遂上人归钱唐　李　频①

白衣游帝乡，已得事空王。却返湖山寺，高禅水月房。

雨中过岳黑，秋后宿船凉。回顾秦人语，他生会别方。

【注】

①李频（818—876）：字德新，睦州寿昌（今浙江建德）人。大中八年（854）进士。官至建州（今福建建瓯）刺史。有诗集《梨岳集》。诗见《全唐诗》卷五百八十七。

秋宿慈恩寺遂上人院①　李　频

满阁终南色，清宵独倚栏。风高斜汉动，叶下曲江寒。

帝里求名老，空门见性难。吾师无一事，不似在长安。

【注】

①诗见《全唐诗》卷五百八十八。

诸暨五泄山　周　镛①

路入苍烟九过溪，九穿岩曲到招提。

天分五溜寒倾北，地秀诸峰翠插西。

凿径破崖来木杪，驾泉鸣竹落橡题。

中编 "唐诗之路"的支撑

当年老默无消息，犹有词堂一杖藜。

【注】

①周镛：晚唐诸暨人。诗见《全唐诗》卷七百二十七。

经旷禅师院① 贯 休②

吾师楞伽山中人，气岸古淡僧麒麟。

曹溪老兄一与语，金玉声利，泥弃唾委。

兀兀如顽云，骊珠兮固难价其价，灵芝兮何以根其根。

真貌枯槁言朴略，衲衣烂黑烧岳痕。

忆昔十四五年前，苦寒节，礼师问师楞伽月。

此时师握玉麈尾，报我却云非日月，一敲粉碎狂性歇。

庭松无韵冷撼骨，搔窗擦檐数枝雪。

迩来流浪于吴越，一片闲云空皎洁。

再来寻师已蝉蜕，薝卜枝枯醴泉竭。

水檀香火遗影在，甘露松枝月中折。

宝师往日真隐心，今日不能堕双血。

【注】

①旷禅师：即道旷禅师，本藏奂禅师剃度之师，藏奂主持五泄，时当会昌法难，旷禅师即避居五泄，贯休遂得依止。诗见《全唐诗》卷八百二十七。

②贯休（832—912）：俗姓姜，字德隐，婺州兰溪（今浙江兰溪）人。七岁入兰溪和安寺，师从圆贞禅师。二十岁受具足戒，入诸暨五泄山寺修禅近十年，师从无相大师。唐天复年间入蜀，被前蜀主王建封为"禅月大师"，赐紫衣。

桐江闲居作十二首[①]　贯　休

忆在山中日，为僧鬓欲衰。一灯常到晓，十载不离师。

水汲冰溪滑，钟撞雪阁危。从来多自省，不学拟何为。

【注】

①诗见《全唐诗》卷八百三十。此其十一。普遍认为《桐江闲居作十二首》的第十一首，所忆"十载不离师"的"山中日"是贯休在诸暨五泄的那段生涯。

闻无相道人顺世五首[①]　贯　休

一事不经营，孤峰长老情。惟餐橡子饼，爱说道君兄。

池藕香狸掘，山神白日行。又闻行脚也，何处化群生。

自昔寻师日，颠峰绝顶头。虽闻不相似，特地使人愁。

庭树雪摧残，上有白狝猴。大哉法中龙，去去不可留。

常思将道者，高论地炉傍。迂谈无世味，夜深山木僵。

下山遭离乱，多病惟深藏。一别三十年，烟水空茫茫。

石霜既顺世，吾师亦不住。杉桂有猩猩，糠秕无句句。

土肥多孟蕨，道老如婴孺。莫比优昙花，斯人更难遇。

百千万亿偈，共他勿交涉。所以那老人，密传与迦叶。

吾师得此法，不论劫不劫。去矣不可留，无踪若为蹑。

【注】

①诗见《全唐诗》卷八百三十。

书无相道人庵① 贯 休

造化太茫茫，端居紫石房。心遗无句句，顶处有霜霜。

白鹿眠枯叶，清泉洒氄囊。寄言疑未决，须道雪溪旁②。

【注】

①诗见《全唐诗》卷八百三十一。

②雪溪：即泄溪，五泄溪。

送僧入五泄① 贯 休

五泄江山寺，禅林境最奇。九年吃菜粥，此事少人知。

山响僧担谷，林香豹乳儿。伊余头已白，不去更何之。

【注】

①诗见《全唐诗》卷八百三十三。

赠无相禅师 罗 隐①

人人尽道事空王，心里忙于市井忙。

惟有马当山上客，死门生路两相忘。

【注】

①罗隐（833—910）：字昭谏，杭州新城（今浙江富阳新登镇）人。大中十三年至京师，始应进士试，十上不第。后依吴越王钱镠，

历任钱塘令、司勋郎中、给事中等。与居五泄之无相禅师为方外交。
诗见《全唐诗》卷六百六十一。

寄无相禅师① 罗 隐

老住西峰第几层，为师回首忆南能。

有缘有相应非佛，无我无人始是僧。

烂椹作袍名复利，铄金为讲爱兼憎。

何如一衲尘埃外，日日香烟夜夜灯。

【注】

①诗见《全唐诗》卷六百六十四。

东白山（太白山）

投道一师兰若宿① 王 维②

一公栖太白③，高顶出风烟。梵流诸壑遍，花雨一峰偏。

迹为无心隐，名因立教传。鸟来远语法，客去更安禅。

昼涉松路尽，暮投兰若边。洞房隐深竹，清夜闻遥泉。

向是云霞里，今成枕席前。岂唯暂留宿，服事将穷年。

【注】

①道一：字法舳，余杭人，族姓严氏。龙泉寺律师。从光州岸律师剃度。曾云游住锡两浙多地。天宝十三年（754）圆寂，年七十六。民国八年重印嘉庆本《余杭县志》卷二十九有传，并录《杭州余杭县龙泉寺故大律师碑》。

②王维（699或701—761）：字摩诘。开元十九年（731）状元。诗多咏山水田园，与孟浩然合称"王孟"。有《王右丞集》。此诗约写于开元十年（722）。诗见《全唐诗》卷一百二十七。

③太白：指诸暨县城东南九十里的东白山。据孔灵符（？—465）《会稽记》，刘宋时褚伯玉隐居诸暨东白山瀑布岭，筑"啸猿亭""疏山轩""齐云阁"，立东、西二禅师道场，在东白山隐居三十余年，隔绝人物。

奉酬韦苏州使君·褚伯玉　丘　丹①

久作烟霞侣，暂将簪组亲。还同褚伯玉②，入馆泰州人。

【注】

①丘丹：苏州嘉兴（今浙江嘉兴市南）人，曾任萧山县尉、诸暨县令，历检校尚书户部员外郎、监察御史。贞元初，隐居杭州临平山，与韦应物、鲍防、吕渭等往还。约公元780年前后在世。诗见《全唐诗》卷三百七。

②褚伯玉（394—479）：字元璩，钱唐（今属杭州）人。在诸暨东白山隐居三十多年，避世不出，是东白山的标志性人物。

题太白山隐者　项　斯①

高居在幽岭，人得见时稀。写篆屙虚白，寻僧到翠微。
扫坛星下宿，收药雨中归。从服小还后，自疑身解飞。

【注】

①项斯：字子迁。台州府乐安（今浙江仙居）人。会昌四年（844）进士。年轻时曾游历各地。诗见《全唐诗》卷五百五十四。

送清彻游太白山①　无　可②

卷经归太白，蹑藓别萝龛。若履浮云上，须看积翠南。
倚身松入汉，瞑目月离潭。此境堪长往，尘中事可谙。

【注】

①清彻：据李频《峡州送清彻上人归浙西》诗，清彻或为浙西人，或住锡浙西。诗见《全唐诗》卷八百十四。《国朝三修诸暨县志》题作《送清澈游太白》，作者戎昱。戎昱（约744—800），荆南（今湖北江陵）人，进士。

②无可：僧人，曾游历江浙多年。

越山（勾乘山）

期王炼师不至① 秦 系

黄精蒸罢洗琼杯②，林下从留石上苔。

昨日围棋未终局，且乘白鹤下山来。

【注】

①王炼师：据《国朝三修诸暨县志》，唐时王炼师居诸暨邑南石鼓山。石鼓山，在越山（越山亭）西北，有唐王炼师丹室。诗见《全唐诗》卷二百六十。

②黄精：北宋《越州图经》："诸暨石鼓山多黄精，相传王炼师居此山。"王炼师采食黄精，终年不饥，后得道去。南宋《嘉泰会稽志》："竹箭以出诸暨石鼓山者最佳。"《本草图经》："诸暨石鼓山多白术。"

于清风楼斋坐久，举目忽睹日光，
豁然顿晓而有偈① 师 鼐②

清风楼上赴官斋，此日平生眼豁开。

方信普通年远事，不从葱岭带将来。

【注】

①偈见《全唐诗补编·续拾》卷四十五。《全唐诗》不存师鼐诗。

②师鼐：唐末五代时人。嗣雪峰，住越州诸暨越山，钱镠甚加钦重，赐号"鉴真大师"。越山，勾乘山支峰，有越王勾践祠、云居寺。云居寺，唐天祐年间建。后梁贞明四年（918）赐名"越山禅院"。北宋治平三年（1066），改赐今额。今仍称"越山寺"。山上有越山亭。

临终示偈① 师 鼐

眼光随色尽，耳识逐声消。

还源无别旨，今日与明朝。

【注】

①偈见《全唐诗补编·续拾》卷四十五。

三种病人颂① 师 鼐

盲聋喑哑格调高，是何境界自担荷。

昔日曾向玄沙道，笑杀张三李四歌。

【注】

①诗见《全唐诗补编·续拾》卷四十五。

西岩山

题洪道士山院① 秦 系

霞外主人门不扃，数株桃树药囊青。

闲行池畔随孤鹤，若问多应道姓丁。

【注】

　　①洪道士山院：在诸暨西岩山。山上西岳寺为南朝梁代建，唐咸通八年（867）赐名"咸通西岳院"，传为丁令威炼丹之地。诗见《全唐诗》卷二百六十。

宝掌山

千岁宝掌和尚临灭示徒慧云偈　宝掌和尚①

本来无生死，今亦示生死。我得去住心，他生复来此。

【注】

①宝掌和尚：中印度人。自称生于周季，魏晋时自西域来中土，号"千岁和尚"。明万历《绍兴府志》载：唐贞观时，周游两浙，访地修行。至澧浦山，中有石室，名澧浦岩，见山秀泉洁，月白风清，遂结茅以居，今名其山为"宝掌山"。有宝掌岩寺，即大岩寺，又名崇胜寺（今属诸暨浬浦镇）。明隆庆《诸暨县志》亦载：县东南千岁山延庆禅寺（今属诸暨璜山镇），相传亦禅师道场。偈见《全唐诗补编·续拾》卷五十七。

咏千岁宝掌和尚①　佚　名

劳劳玉齿寒，似迸岩泉急。有时中夜坐，阶前神鬼泣。

【注】

①诗见《全唐诗补编·续拾》卷五十七。

苎萝山（罗山、纻罗山）

霓裳羽衣歌·苎萝　白居易①

君言此舞难得人，须是倾城可怜女。

吴妖小玉飞作烟，越艳西施化为土。

娇花巧笑久寂寥，娃馆苎萝②空处所。

如君所言诚有是，君试从容听我语。

【注】

①白居易（772—846）：字乐天。中唐诗人。诗见《全唐诗》卷四百四十四。节选。

②苎萝：参见上编"苎萝山"条目。

过吴门二十四韵·苎萝　李　绅①

旧风犹越鼓，馀俗尚吴钩。故馆曾闲访，遗基亦遍搜。

吹台山木尽，香径佛宫秋。帐殿菰蒲掩，云房露雾收。

苎萝妖覆灭，荆棘鬼包羞。风月俄黄绶，经过半白头。

【注】

①李绅（772—846）：字公垂，出生于乌程（今浙江湖州）。唐宪

宗元和元年（806）进士。历任淮南节度使、中书侍郎、尚书右仆射、门下侍郎等职，封赵国公。诗见《全唐诗》卷四百八十一。节选。

送僧游越·栖禅苎萝山　　施肩吾[1]

麻衣年少雪为颜，却笑孤云未是闲。

此去若逢花柳月，栖禅莫向苎萝山。

【注】

[1]施肩吾：字希圣，唐代睦州人。元和十五年（820）进士。后退隐修道。诗见《全唐诗》卷四百九十四。

红蔷薇歌·苎萝西子　　王　毂[1]

红霞烂泼猩猩血，阿母瑶池晒仙缬。

晚日春风夺眼明，蜀机锦彩浑疑颣。

公子亭台香触人，百花懔懔无精神。

苎萝西子见应妒，风光占断年年新。

【注】

[1]王毂：字虚中，自号临沂子。乾宁五年（898）进士。诗见《全唐诗》卷六百九十四。

西　施　　崔道融[1]

苎萝山下如花女，占得姑苏台上春。

一笑不能亡敌国，五湖何处有功臣。

【注】

①崔道融（？—907）：唐五代时荆州人，号东瓯散人。唐时以征辟为永嘉令，累迁右补阙。唐末仕梁王朱温，后避地入闽。有《东浮集》。诗见《全唐诗》卷七百十四。

和三乡诗·苎萝山下　　刘　谷①

兰蕙芬香见玉姿，路傍花笑景迟迟。
苎萝山下无穷意，并在三乡惜别时。

【注】

①刘谷：唐末进士。与诗人李郢同时，有篇什酬和。唐武宗会昌二年（842），有若耶溪女子题诗三乡驿，刘谷过此题诗和之。诗见《全唐诗》卷七百二十六。

曹娥碑·前山应是苎萝山①　　贯　休

高碑说尔孝应难，弹指端思白浪间。
堪叹行人不回首，前山应是苎萝山。

【注】

①诗见《全唐诗》卷八百三十七。

残花·苎萝因雨失西施　　韦　庄①

和烟和露雪离披，金蕊红须尚满枝。
十日笙歌一宵梦，苎萝因雨失西施。

【注】

①韦庄（约836—910）：字端己。长安杜陵（今陕西西安）人。诗见《全唐诗》卷六百九十六。

巫山一段云·苎萝山又山　李　晔①

蝶舞梨园雪，莺啼柳带烟。小池残日艳阳天，苎萝山又山。　　青鸟不来愁绝，忍看鸳鸯双结。春风一等少年心，闲情恨不禁。

【注】

①李晔（867—904）：唐昭宗，又名李杰、李敏。888年即位。天祐元年（904）为宣武节度使朱温所弑。词见《全唐诗》卷八百八十九。

浣纱石（西施石）

西施浣纱篇　宋之问①

西施旧石在，苔藓日于滋。几处沾妆污，何年灭履綦？
岸花羞慢脸，波月学颦眉。君将花月好，来比浣纱时。

【注】

①宋之问（约656—约712）：字延清。与沈佺期并称"沈宋"。诗见《全唐诗补编·续拾》卷八。

送贾恒明府兼寄温张二司户·西施石　綦毋潜①

越客新安别，秦人旧国情。舟乘晚风便，月带上潮平。
花路西施石②，云峰勾践城。明州报两掾，相忆二毛生。

【注】

①綦毋潜（692—749）：字孝通，开元十四年（726）前后进士。安史之乱后归隐，长时间游历江淮一带。与王维等有诗歌唱和。诗见《全唐诗》卷一百三十五。

②西施石：即浣纱石，参见上编"浣纱石"条目。

送祝八之江东，赋得浣纱石　李　白[①]

西施越溪女，明艳光云海。

未入吴王宫殿时，浣纱古石今犹在。

桃李新开映古查，菖蒲犹短出平沙。

昔时红粉照流水，今日青苔覆落花。

君去西秦适东越，碧山青江几超忽。

若到天涯思故人，浣纱石上窥明月。

【注】

①李白（701—762）：字太白，号青莲居士，又号"谪仙人"。与杜甫并称为"李杜"。诗见《全唐诗》卷一百七十六。《李太白集》王琦注曰："《太平御览》：孔晔《会稽记》曰：勾践索美女以献吴王，得诸暨苎罗山卖薪女西施、郑旦，先教习于土城山。山边有石云是西施浣纱石。《太平寰宇记》：诸暨县有苎罗山，山下有石迹，云是西施浣纱之所，浣纱石犹在。"此诗写于长安，时在天宝二年（743）。

浣纱石上女[①]　李　白

玉面耶溪女，青娥红粉妆。一双金齿屐，两足白如霜。

【注】

①此诗写于开元十四年（726）。诗见《全唐诗》卷一百八十四。

西施石　楼　颖[①]

西施昔日浣纱津，石上青苔思杀人。

一去姑苏不复返,岸旁桃李为谁春?

【注】

①楼颖:唐天宝年间进士。诗见《全唐诗》卷二百三。

寄远曲·浣纱石　张　籍①

美人来去春江暖,江头无人湘水满。

浣纱石上水禽栖,江南路长春日短。

兰舟桂楫常渡江,无因重寄双琼珰。

【注】

①张籍(约767—约830):字文昌。其乐府诗与王建齐名。诗见《全唐诗》卷三百八十二。

遥知元九送王行周游越·西施旧苔石①　李　绅

江湖随月盈还宿,沙渚依潮断更连。

伍相庙中多白浪,越王台畔少晴烟。

低头绿草羞枚乘,刺眼红花笑杜鹃。

莫倚西施旧苔石,由来破国是神仙。

【注】

①诗见《全唐诗补编·全唐诗补逸》卷七。

西施石　胡幽贞①

徘徊浣纱石,想象浣纱人。碧水澄不流,红颜照之频。

自惜绝世姿，岂与众女邻？一朝入紫宫，万古遗芳尘。

至今溪边花，不敢娇青春。

【注】

①胡幽贞：唐代四明（今浙江宁波）人，自号"无生居士"。诗见《国朝三修诸暨县志》卷八。后两联见《全唐诗》卷七百六十八，题作《题西施浣纱石》。

题西施石（三首）　　王　轩①

岭上千峰秀，江边细草春。今逢浣纱石，不见浣纱人。

佳人去千载，溪山久寂寞。野水浮白烟，岩花自开落。

猿鸟旧清音，风月闲楼阁。无语立斜阳，幽情入天幕。

当时计拙笑将军，何事安邦赖美人。

一自仙葩入吴国，从兹越国更无春。

【注】

①王轩：字公远。唐文宗大和（827—835）进士。尝游苎萝山，题诗西施石。诗见《全唐诗》卷八百六十六。

浦阳江（浣江、浣浦、浣渚、浣纱溪）

送杨山人归天台·沙明浦阳月[1]　李　白

客有思天台，东行路超忽。涛落浙江秋，沙明浦阳月。[2]

今游方厌楚，昨梦先归越。且尽秉烛欢，无辞凌晨发。

我家小阮贤，剖竹赤城边。诗人多见重，官烛未曾然。

兴引登山屐，情催泛海船。石桥如可度，携手弄云烟。

【注】

①此诗作于开元二十七年（739）。诗见《全唐诗》卷一百七十五。

②浙江：即钱塘江，又名之江。浦阳：指浦阳江，与浙江对举，"涛"与"沙"对举。

越溪怨　冷朝光[1]

越王宫里如花人，越水溪头采白苹[2]。

白苹未尽人先尽，谁见江南春复春。

【注】

①冷朝光：或为天宝时人。诗见《全唐诗》卷七百七十三。

②苹：植物名，亦称四叶菜、田字草，多生于水田池塘沟渠中。

望雪·西施浦① 张 继

江城昨夜雪如花，郢客登楼齐望华。

夏禹坛前仍聚玉，西施浦上更飞沙。

帘栊向晚寒风度，睥睨初晴落景斜。

数处微明销不尽，湖山清映越人家。

【注】

①诗见《全唐诗》卷二百四十二，一题作《会稽郡楼雪霁》。

新春·更浣越溪纱 刘方平①

南陌春风早，东邻曙色斜。一花开楚国，双燕入卢家。

眠罢梳云髻，妆成上锦车。谁知如昔日，更浣越溪纱。

【注】

①刘方平：758年前后在世。隐居颍水、汝河之滨。与皇甫冉、元德秀、李颀、严武为诗友。诗见《全唐诗》卷二百五十一。

送王协律游杭越十韵·浣渚 元 稹①

去去莫凄凄，余杭接会稽。松门天竺寺，花洞若耶溪。

浣渚逢新艳②，兰亭识旧题。山经秦帝望，垒辨越王栖。

【注】

①元稹（779—831）：字微之。官至同中书门下平章事。与白居易齐名，称"元白"。在越州与窦巩唱和，号"兰亭绝唱"。诗见《全唐

诗》卷四百六。节选。

②浣渚：一作浣浦，即浣江，浣纱溪，宋《嘉泰会稽志》卷十：
"浣江在（诸暨）县东南一里，俗传西子浣纱之所，一名浣浦，又名浣
渚。元微之诗云：'浣浦逢新艳，兰亭诧旧题。'"

越女词·宁来浣溪里　　鲍　溶[1]

越女芙蓉妆，浣纱清浅水。忽惊春心晚，不敢思君子。
君子纵我思，宁来浣溪里。

【注】

①鲍溶：字德源。唐元和四年（809）进士。诗见《全唐诗》卷四
百八十六。

浣溪怀古[1]　　施肩吾

忆昔西施人未求，浣纱曾向此溪头。
一朝得侍君王侧，不见玉颜空水流。

【注】

①诗见《全唐诗》卷四百九十四。一题作《越溪怀古》。

徒相逢·西施本是越溪女　　曹　邺[1]

江边野花不须采，梁头野燕不用亲。
西施本是越溪女，承恩不荐越溪人。

【注】

①曹邺（816—?）：字邺之。大中四年（850）进士。诗见《全唐诗》卷五百九十二。

伤越·浣纱人① 陆龟蒙

越溪自古好风烟，盗束兵缠已半年。

访戴客愁随水远，浣纱人泣共埃捐。

【注】

①诗见《全唐诗》卷六百二十六。节选。

杨柳枝寿杯词·浣纱溪 司空图①

桃源仙子不须夸，闻道惟栽一片花。

何似浣纱溪畔住，绿阴相间两三家。

【注】

①司空图（837—908）：字表圣，号知非子、耐辱居士。唐咸通十年（869）进士。天复四年（904），朱全忠召为礼部尚书，司空图佯装老朽不任事，被放还。后梁开平二年（908），唐哀帝被弑，他绝食而死。诗见《全唐诗》卷六百三十四。组诗共十八首，此其五。

秋日泊浦江① 杜荀鹤②

一帆程歇九秋时，漠漠芦花拂浪飞。

寒浦更无船并宿，暮山时见鸟双归。

照云烽火惊离抱，剪叶风霜逼暑衣。

江月渐明汀露湿，静驱吟魄入玄微。

【注】

①浦江：浦阳江，主要河道流经诸暨，称浣江。诗见《全唐诗》卷六百九十二。

②杜荀鹤（约846—约904）：字彦之，自号"九华山人"。大顺二年（891）进士。朱温取唐建梁，任为翰林学士，知制诰。曾游历江浙赣等地。

西施殿（浣纱庙）

蝶·西子寻遗殿　李商隐①

西子寻遗殿，昭君觅故村。年年芳物尽，来别败兰荪。

【注】

①李商隐（约813—约858）：字义山，号玉溪生，又号樊南生。唐文宗开成二年（837）进士。因卷入"牛李党争"而备受排挤。和杜牧合称"小李杜"，与温庭筠合称"温李"。诗见《全唐诗》卷五百三十九。节选。

浣纱庙　鱼玄机①

吴越相谋计策多，浣纱神女已相和。

一双笑靥才回面，十万精兵尽倒戈。

范蠡功成身隐遁，伍胥谏死国消磨。

只今诸暨长江畔，空有青山号苎萝。

【注】

①鱼玄机：初名鱼幼微，字蕙兰。咸通（860—874）中进长安咸宜观为女道士。与温庭筠唱和甚多。与李冶、薛涛、刘采春并称唐代四大女诗人。诗见《全唐诗》卷八百四和宋本《唐女郎鱼玄机诗》。

苎萝村（苎村）

采莲·苎罗生碧烟　李　颀①

越溪女，越溪莲。齐菡萏，双婵娟。嬉游向何处，采摘且同船。

浩唱发容与，清波生漪涟。时逢岛屿泊，几伴鸳鸯眠。

襟袖既盈溢，馨香亦相传。薄暮归去来，苎罗生碧烟。

【注】

①李颀（690—751）：河南颍阳（今河南登封）人。开元二十三年（735）进士，曾任新乡县尉，后辞官归隐于颍阳之东川别业。擅七言歌行、边塞诗，风格豪放，慷慨悲凉。诗见《全唐诗》卷一百三十三，一题作《放歌行》。《全唐诗》卷二十一、卷八百四十七又录为齐己所作，题《采莲曲》。

送友生入越投知己·春潮入苎村①　贯　休

才大终难住，东浮景渐暄。知将刖足恨，去击李膺门。

宿雾开花坞，春潮入苎村。预思秋荐后，一鹗出乾坤。

【注】

①诗见《全唐诗》卷八百三十二。

西施滩

西施滩^①　崔道融

宰嚭亡吴国，西施陷恶名。浣纱春水急，似有不平声。

【注】

　　①西施滩：在诸暨城东门外太平桥以下、茅渚埠以上浣江西岸边，附近原有西施坊、西施门。诗见《全唐诗》卷七百十四。

范蠡旧居（范蠡宅）

经范蠡旧居　张蠙①

一变姓名离百越②，越城③犹在范家无。

他人不见扁舟意，却笑轻生泛五湖。

【注】

　　①张蠙：字象文，唐乾宁进士。咸通时与张乔等十人称"十哲"。曾任栎阳县尉。后避乱入蜀。范蠡旧居：在诸暨城西陶朱山下。《嘉泰会稽志》诸暨条载：县西有范蠡祠，相传云范蠡宅也。山上有鸱夷井等，又有范文正公题诗石刻。诗见《全唐诗》卷七百二。

　　②百越：江浙闽越之地，为越族所居，故称百越。

　　③越城：诸暨曾为越国都城。《水经注》："越王都埤中，在诸暨。"《越州图经》："勾乘山，勾践所都也。"

西　施

浣纱篇① 宋之问

越女颜如花，越王闻浣纱。国微不自宠，献作吴宫娃。

山薮半潜匿，苎萝更蒙遮。一行霸勾践，再笑倾夫差。

艳色夺人目，效颦亦相夸。一朝还旧都，靓妆寻若耶。

鸟惊入松网，鱼畏沉荷花。始觉冶容妄，方悟群心邪。

【注】

①诗见《全唐诗》卷五十一，题作《浣纱篇赠陆上人》。节选。

相和歌辞·春江花月夜·浣纱人 张子容①

林花发岸口，气色动江新。此夜江中月，流光花上春。

分明石潭里，宜照浣纱人。

【注】

①张子容：唐先天元年（712）进士。曾任乐成（今浙江乐清）令。与孟浩然同隐鹿门山，诗篇唱和颇多。诗见《全唐诗》卷二十一。

耶溪泛舟　孟浩然[①]

落景余清辉，轻桡弄溪渚。澄明爱水物，临泛何容与。

白首垂钓翁，新妆浣纱女。相看似相识，脉脉不得语。

【注】

　　①孟浩然（689—740）：名浩，字浩然，号"孟山人"。襄阳人，世称"孟襄阳"。诗见《全唐诗》卷一百五十九。

江南曲五首　丁仙芝[①]

长干斜路北，近浦是儿家。有意来相访，明朝出浣纱。

【注】

　　①丁仙芝：字元祯，曲阿（今江苏丹阳）人，唐开元十三年（725）登进士第。曾任余杭县尉等职。诗见《全唐诗》卷一百十四。此其一。

浣纱女　王昌龄[①]

钱塘江畔是谁家？江上女儿全胜花。

吴王在时不得出，今日公然来浣纱。

【注】

　　①王昌龄（698—757）：字少伯。七绝圣手。诗见《全唐诗》卷一百四十三。

洛阳女儿行·谁怜越女颜如玉^①　王　维

城中相识尽繁华，日夜经过赵李家。

谁怜越女颜如玉，贫贱江头自浣纱。

【注】

①诗见《全唐诗》卷一百二十五。节选。

西　子^①　王　维

吴王旧国水烟空，香径无人兰叶红。

春色似怜歌舞地，年年先发馆娃宫。

【注】

①诗见《苎萝志》卷三、《国朝三修诸暨县志》卷五十七。《全唐诗》卷三百四十八题作《吴城览古》，作者陈羽。

乌栖曲·吴王宫里醉西施^①　李　白

姑苏台上乌栖时，吴王宫里醉西施。

吴歌楚舞欢未毕，青山欲衔半边日。

银箭金壶漏水多，起看秋月坠江波，

东方渐高奈乐何。

【注】

①此诗写于天宝三年（744）。诗见《全唐诗》卷二十一。

子夜四时歌·夏歌① 李 白

镜湖三百里，菡萏发荷花。五月西施采，人看隘若邪。

回舟不待月，归去越王家。

【注】

①此诗写于天宝元年（742）。诗见《全唐诗》卷二十一。

白纻辞① 李 白

寒云夜卷霜海空，胡风吹天飘塞鸿。

玉颜满堂乐未终，馆娃日落歌吹蒙。

【注】

①诗见《全唐诗》卷二十二。节选。

和卢侍御通塘曲·浣纱女郎① 李 白

何处沧浪垂钓翁，鼓棹渔歌趣非一。

相逢不相识，出没绕通塘。

浦边清水明素足，别有浣纱吴女郎。

【注】

①诗见《全唐诗》卷一百六十七。节选。

答族侄僧中孚赠玉泉仙人掌茶·西子妍[1]　李　白

清镜烛无盐，顾惭西子妍。朝坐有余兴，长吟播诸天。

【注】

①诗见《全唐诗》卷一百七十八。节选。

西　施[1]　李　白

西施越溪女，出自苎萝山。秀色掩今古，荷花羞玉颜。
浣纱弄碧水，自与清波闲。皓齿信难开，沉吟碧云间。
勾践征绝艳，扬蛾入吴关。提携馆娃宫，杳渺讵可攀。
一破夫差国，千秋竟不还。

【注】

①此诗写于开元十四年（726）。诗见《全唐诗》卷一百八十一。一题作《浣纱石》。《李太白集》王琦注曰："《太平御览》越王谓大夫种曰：'孤闻吴王淫而好色，惑乱沉湎，不领政事，因此而谋可乎？'乃使相者于国中，得苎萝山鬻薪之女曰西施、郑旦，饰以罗縠，教以容步，习于土城，临于都巷。三年学成而献于吴，吴王大悦。施宿《会稽志》：'苎萝山在诸暨县南五里。'《舆地志》云：'诸暨县苎萝山，西施郑旦所居，其方石乃晒纱处。'《十道志》云：'勾践索美女以献吴王，得之诸暨，苎萝山卖薪女西施，山下有浣纱石。'《一统志》：'浣浦在诸暨县治东南，一名浣渚。俗传西子浣纱于此。'曹植诗：'时俗薄朱颜，谁为发皓齿？'沈约诗：'扬蛾一含睇，媚娟好且修。'《吴地记》：'胥葬亭东二里有馆娃宫，吴人呼西施作娃，夫差置，今灵岩山是也。'范石湖《吴郡志》：'砚石山在吴县西三十里，上有馆娃

宫。'《方言》曰：'吴有馆娃宫，今灵岩寺即其地也。山有琴台、西施洞、砚池、酰花池，山前有采香径，皆宫之故迹。'"

姑孰十咏·姑孰溪① 李 白

爱此溪水闲，乘流兴无极。漾楫怕鸥惊，垂竿待鱼食。
波翻晓霞影，岸叠春山色。何处浣纱人，红颜未相识。

【注】

①诗见《全唐诗》卷一百八十一。

口号吴王美人半醉① 李 白

风动荷花水殿香，姑苏台上宴吴王。
西施醉舞娇无力，笑倚东窗白玉床。

【注】

①此诗作于天宝七载（748）。诗见《全唐诗》卷一百八十四，明《苎萝志》题作《西施》。

越女词五首① 李 白

耶溪采莲女，见客棹歌回。
笑入荷花去，佯羞不出来。

【注】

①此诗作于开元十四年（726）。诗见《全唐诗》卷一百八十四。此其三。

狱中贻姚张薛李郑柳诸公·西子言有咎　储光义[1]

直道时莫亲，起羞见谗口。舆人是非怪，西子言有咎。

诬善不足悲，失听一何丑。

【注】

[1] 储光义（约 706—763）：田园山水诗人。开元十四年（726）进士。隐居终南山。诗见《全唐诗》卷一百三十八。节选。

赠崔十三评事公辅·拂匣照西施　杜　甫[1]

暗尘生古镜，拂匣照西施。

【注】

[1] 杜甫（712—770）：字子美，自号少陵野老。与李白合称"李杜"。诗见《全唐诗》卷二百二十九。节选。

葬西施挽歌　王　炎[1]

西望吴王国，云书凤字牌。连江起珠帐，择地葬金钗。

满地红心草，三层碧玉阶。春风无处所，凄恨不胜怀。

【注】

[1] 王炎：与李白生活年代相近。诗见《全唐诗》卷八百六十八。

江上曲·蛾眉独浣纱　　李嘉祐①

江心澹澹芙蓉花，江口蛾眉独浣纱。

可怜应是阳台女，对坐鹭鸶娇不语。

掩面羞看北地人，回身忽作空山雨。

【注】

　　①李嘉祐：字从一。天宝七年（748）进士。诗见《全唐诗》卷二百六。节选。

伤吴中①　　李嘉祐

馆娃宫中春已归，阖闾城头莺已飞。

复见花开人又老，横塘寂寂柳依依。

忆昔吴王在宫阙，馆娃满眼看花发。

舞袖朝欺陌上春，歌声夜怨江边月。

【注】

　　①诗见《全唐诗》卷二百六。节选。

吴宫怨·吴王宫里人　　卫　万①

君不见吴王宫阁临江起，不见珠帘见江水。

晓气晴来双阙间，潮声夜落千门里。

勾践城中非旧春，姑苏台下起黄尘。

只今唯有西江月，曾照吴王宫里人。

【注】

①卫万：唐玄宗天宝前人。《全唐诗》卷七百七十三存此诗。

浣纱女　皎　然①

清浅白沙滩，绿蒲尚堪把。家住水东西，浣纱明月下。

【注】

①皎然（约720—约803）：俗姓谢，字清昼，吴兴（今浙江湖州）人。据《唐才子传·颜真卿传》及《旧唐书》载，皎然是东晋谢安十二世孙。诗见《全唐诗》卷八百十八。一说为王维所作。

姑苏行·西子倾国容①　皎　然

古台不见秋草衰，却忆吴王全盛时。

千年月照秋草上，吴王在时几回望。

至今月出君不还，世人空对姑苏山。

山中精灵安可睹，辙迹人踪麋鹿聚。

婵娟西子倾国容，化作寒陵一堆土。

【注】

①诗见《全唐诗》卷八百二十一。

观李凑所画美人障子·西子不可见①　刘长卿

西子不可见，千载无重还。空令浣沙态，犹在含毫间。

一笑岂易得，双蛾如有情。窗风不举袖，但觉罗衣轻。

【注】

①诗见《全唐诗》卷一百四十九。节选。

白苎词　戴叔伦[①]

馆娃宫中露华冷，月落啼鸦散金井。

吴王扶头酒初醒，秉烛张筵乐清景。

美人不眠怜夜永，起舞亭亭乱花影。

新裁白苎胜红绡，玉佩珠缨金步摇。

回鸾转凤意自娇，银筝锦瑟声相调。

君恩如水流不断，但愿年年此同宵。

【注】

①戴叔伦（约732—约789）：字幼公。曾任新城令、东阳令、抚州刺史等。诗见《全唐诗》卷二百七十三。节选。

广陵遇孟九云卿·西施且一笑　韦应物[①]

高文激颓波，四海靡不传。西施且一笑，众女安得妍。

明月满淮海，哀鸿逝长天。所念京国远，我来君欲还。

【注】

①韦应物（737—791）：京兆杜陵（今陕西西安）人。曾任江州、苏州刺史。诗见《全唐诗》卷一百九十。节选。

河上逢落花·应见浣纱人　万　楚[①]

河水浮落花，花流东不息。应见浣纱人，为道长相忆。

【注】

①万楚：唐开元年间进士。与李颀友善。诗见《全唐诗》卷一百
四十五。

五日观妓·西施浣春纱①　万　楚

西施谩道浣春纱，碧玉今时斗丽华。

眉黛夺将萱草色，红裙妒杀石榴花。

新歌一曲令人艳，醉舞双眸敛鬓斜。

谁道五丝能续命，却令今日死君家。

【注】

①诗见《全唐诗》卷一百四十五。

杂歌·何用妒西施①　李　端

人生照镜须自知，无盐何用妒西施。

秦庭野鹿忽为马，巧伪乱真君试思。

【注】

①诗见《全唐诗》卷二百八十四。节选。

姑苏怀古送秀才下第归江南·君王醉酒眄西子　刘　商①

姑苏台枕吴江水，层级鳞差向天倚。

银河倒泻君王醉，湅酒峨冠眄西子。

宫娃酣态舞娉婷，香飘四飒青城坠。

伍员结舌长嘘噫，忠谏无因到君耳。

城乌啼尽海霞销，深掩金屏日高睡。

王道潜隳伍员死，可叹斗间瞻王气。

会稽勾践拥长矛，万马鸣蹄扫空垒。

【注】

①刘商：字子夏。大历（766—779）进士。其《琴曲歌辞·胡笳十八拍》"拟蔡琰《胡笳曲》，脍炙当时"。诗见《全唐诗》卷三百三。节选。

吴宫怨·美人娇不起① 张 籍

吴宫四面秋江水，江清露白芙蓉死。

吴王醉后欲更衣，座上美人娇不起。

【注】

①诗见《全唐诗》卷三百八十二。节选。

赋花·西子同车 王 起①

花。

点缀，分葩。

露初裛，月未斜。

一枝曲水，千树山家。

戏蝶未成梦，娇莺语更夸。

既见东园成径，何殊西子同车。

渐觉风飘轻似雪，能令醉者乱如麻。

【注】

①王起（760—847）：字举之。贞元十四年（798）进士。官至兵部尚书，太子少师，山南西道节度使、同平章事等。诗见《全唐诗》卷四百六十四。

白苧歌·西施窈窕　　王　建①

天河漫漫北斗璨，宫中乌啼知夜半。

新缝白纻舞衣成，来迟邀得吴王迎。

低鬟转面掩双袖，玉钗浮动秋风生。

酒多夜长天未晓，月明灯光两相照。

西施歌舞更窈窕②。

【注】

①王建（768—835）：字仲初，颍川（今河南许昌）人。诗见《全唐诗》卷二百九十八。组诗二首，此其一。

②西施：一作"后庭"。

白苧歌·美人醉起①　　王　建

馆娃宫中春日暮，荔枝木瓜花满树。

城头乌栖休击鼓，青娥弹瑟白纻舞。

夜天瞳瞳不见星，宫中火照西江明。

美人醉起无次第，堕钗遗佩满中庭。

此时但愿可君意，回昼为宵亦不寐。

年年奉君君莫弃。

【注】

①诗见《全唐诗》卷二百九十八。组诗二首，此其二。

故梁国公主池亭·花开西子面^① 王 建

平阳池馆枕秦川，门锁南山一朵烟。

素奈花开西子面，绿榆枝散沈郎钱。

【注】

①诗见《全唐诗》卷三百。节选。姚合《题梁国公主池亭》近似。

忆春草·西子裙裾 刘禹锡^①

馆娃宫外姑苏台，郁郁芊芊拨不开。

无风自偃君知否，西子裙裾曾拂来。

【注】

①刘禹锡（772—842）：字梦得。贞元九年（793）进士。会昌中加检校礼部尚书。有《刘宾客集》。诗节选自《全唐诗》卷三百五十六。

白舍人曹长寄新诗，有游宴之盛，
因以戏酬·不如应是欠西施^① 刘禹锡

苏州刺史例能诗，西掖今来替左司。

二八城门开道路，五千兵马引旌旗。

水通山寺笙歌去，骑过虹桥剑戟随。

若共吴王斗百草，不如应是欠西施。

【注】

①诗见《全唐诗》卷三百六十。

馆娃宫赋二章·艳倾吴国尽[①]　刘禹锡

宫馆贮娇娃，当时意大夸。艳倾吴国尽，笑入楚王家。

月殿移椒壁，天花代舜华。唯余采香径，一带绕山斜。

【注】

①诗见《全唐诗》卷三百六十四。

杏园中枣树·如嫫对西子[①]　白居易

二月曲江头，杂英红旖旎。枣亦在其间，如嫫对西子。

【注】

①诗见《全唐诗》卷四百二十四。节选。

青冢·西施作嫫母[①]　白居易

遂使君眼中，西施作嫫母。同侪倾宠幸，异类为配偶。
祸福安可知，美颜不如丑。何言一时事，可戒千年后。
特报后来姝，不须倚眉首。无辞插荆钗，嫁作贫家妇。
不见青冢上，行人为浇酒。

【注】

①诗见《全唐诗》卷四百二十五。节选。

山石榴寄元九·似西施① 白居易

闲折两枝持在手，细看不似人间有。

花中此物似西施，芙蓉芍药皆嫫母。

【注】

①诗见《全唐诗》卷四百三十五。节选。

重答刘和州·分无佳丽敌西施① 白居易

分无佳丽敌西施，敢有文章替左司。

随分笙歌聊自乐，等闲篇咏被人知。

花边妓引寻香径，月下僧留宿剑池。

可惜当时好风景，吴王应不解吟诗。

【注】

①诗见《全唐诗》卷四百四十七。

若耶溪·倾国美人① 李 绅

岚光花影绕山阴，山转花稀到碧浔。

倾国美人妖艳远，凿山良冶铸炉深。

凌波莫惜临妆面，莹锷当期出匣心。

应是蛟龙长不去，若耶秋水尚沉沉。

【注】

①若耶溪：西施采莲、欧冶铸剑之所。诗见《全唐诗》卷四百八十一。

姑苏台杂句·西施醉舞花艳倾[①]　李　绅

越王巧破夫差国，来献黄金重雕刻。
西施醉舞花艳倾，妒月娇娥恣妖惑。
姑苏百尺晓铺开，楼楣尽化黄金台。
歌清管咽欢未极，越师戈甲浮江来。
伍胥抉目看吴灭，范蠡全身霸西越。
寂寞千年尽古墟，萧条两地皆明月。
灵岩香径掩禅扉，秋草荒凉遍落晖。
江浦回看鸥鸟没，碧峰斜见鹭鸶飞。
如今白发星星满，却作闲官不闲散。
野寺经过惧悔尤，公程迫蹙悲秋馆。
吴乡越国旧淹留，草树烟霞昔遍游。
云木梦回多感叹，不惟惆怅至长洲。

【注】

①诗见《全唐诗》卷四百八十二。

舞曲歌辞·冬白纻歌[①]　元　稹

吴宫夜长宫漏款，帘幕四垂灯焰暖。
西施自舞王自管，雪纻翻翻鹤翎散，促节牵繁舞腰懒。
舞腰懒，王罢饮，盖覆西施凤花锦，身作匡床臂为枕。
朝佩枞枞王晏寝，酒醒阍报门无事。
子胥死后言为讳，近王之臣谕王意。
共笑越王穷惴惴，夜夜抱冰寒不睡。

【注】

①诗见《全唐诗》卷二十二。

独游·花当西施面^①　元　稹

花当西施面，泉胜卫玠清。鹡鸰满春野，无限好同声。

【注】

①诗见《全唐诗》卷四百十。节选。

春词·西施颜色^①　元　稹

山翠湖光似欲流，蜂声鸟思却堪愁。

西施颜色今何在，但看春风百草头。

【注】

①诗见《全唐诗》卷四百十五。

何满子歌·郑袖见捐西子浣^①　元　稹

敛黛吞声若自冤，郑袖见捐西子浣。

阴山鸣雁晓断行，巫峡哀猿夜呼伴。

古者诸侯飨外宾，鹿鸣三奏陈圭瓒。

何如有态一曲终，牙筹记令红螺碗。

【注】

①诗见《全唐诗》卷四百二十一。节选。

山石榴花·西施春驿中[①] 施肩吾

深色胭脂碎剪红，巧能攒合是天公。

莫言无物堪相比，妖艳西施春驿中。

【注】

①诗见《全唐诗》卷四百九十四。

玩花词·西施面上红[①] 施肩吾

今朝造化使春风，开折西施面上红。

竟日眼前犹不足，数株异入寸心中。

【注】

①诗见《全唐诗》卷四百九十四。

杨柳枝词二首·西子无因更得知 皇甫松[①]

烂漫春归水国时，吴王宫殿柳垂丝。

黄莺长叫空闺畔，西子无因更得知。

【注】

①皇甫松：字子奇，自号檀栾子。睦州新安（今浙江淳安）人。皇甫湜（777—835）之子。诗见《全唐诗》卷三百六十九。此其一。

美人梳头歌 李 贺①

西施晓梦绡帐寒，香鬟堕髻半沉檀。

辘轳咿哑转鸣玉，惊起芙蓉睡新足。

一编香丝云撒地，玉钗落处无声腻。

纤手却盘老鸦色，翠滑宝钗簪不得。

【注】

　　①李贺（790—816）：字长吉。与李白、李商隐合称"唐代三李"。有《昌谷集》。诗见《全唐诗》卷三百九十三。节选。

与马异结交诗·西施南威 卢 仝①

勿闻空中崩崖倒谷声，绝胜明珠千万斛，买得西施南威一双婢。

此婢娇饶恼杀人，凝脂为肤翡翠裙，唯解画眉朱点唇。

【注】

　　①卢仝（约795—835）："初唐四杰"卢照邻之孙。自号"玉川子"。韩孟诗派重要人物。死于甘露之变。诗见《全唐诗》卷三百八十八。节选。

杜秋娘诗·西子下姑苏 杜 牧①

夏姬灭两国，逃作巫臣姬。西子下姑苏，一舸逐鸱夷。

【注】

　　①杜牧（803—852）：宰相杜佑之孙。大和二年进士。有《樊川文

集》。诗见《全唐诗》卷五百二十。节选。

鹤·西施颊　杜　牧

清音迎晓月，愁思立寒蒲。丹顶西施颊，霜毛四皓须。
碧云行止躁，白鹭性灵粗。终日无群伴，溪边吊影孤。

【注】

①诗见《全唐诗》卷五百二十二。

吴苑思·江南何处葬西施　陈　陶①

今人地藏古人骨，古人花为今人发。
江南何处葬西施，谢豹空闻采香月。

【注】

①陈陶（约812—约885）：字嵩伯。善天文历象，恣游名山，隐居不仕，自称"三教布衣"。避乱入洪州西山。相传他白日飞升而去。诗见《全唐诗》卷七百四十六。

李肱所遗画松诗书两纸得四十韵·暨罗女①　李商隐

亦若暨罗女②，平旦妆颜容。细疑袭气母，猛若争神功。

【注】

①诗见《全唐诗》卷五百四十一。节选。
②暨罗女：诸暨罗山之西施。朱鹤龄《李义山诗集注》云："道源注：暨罗女，西子也。"

和孙朴韦蟾孔雀咏·网得西施① 李商隐

此去三梁远，今来万里携。西施因网得，秦客被花迷。

【注】

①韦蟾：大中七年（853）进士。官尚书左丞。诗见《全唐诗》卷五百三十九。节选。

寄成都高苗二从事·网得西施别赠人① 李商隐

家近红蕖曲水滨，全家罗袜起秋尘。

莫将越客千丝网，网得西施别赠人。

【注】

①诗见《全唐诗》卷五百三十九。

判春·西子短① 李商隐

敢言西子短，谁觉宓妃长。珠玉终相类，同名作夜光。

【注】

①诗见《全唐诗》卷五百三十九。节选。

和郑愚赠汝阳王孙家筝妓二十韵·君王对西子① 李商隐

羌管促蛮柱，从醉吴宫耳。满内不扫眉，君王对西子。

【注】

①诗见《全唐诗》卷五百四十一。节选。

景阳井·葬西施① 李商隐

景阳宫井剩堪悲，不尽龙鸾誓死期。

肠断吴王宫外水，浊泥犹得葬西施。

【注】

①诗见《全唐诗》卷五百四十一。

四怨三愁五情诗·西施住南国① 曹邺

阿娇生汉宫，西施住南国。专房莫相妒，各自有颜色。

【注】

①诗见《全唐诗》卷五百九十二。五情诗之二。

登岳阳楼有怀寄座主相公·西子不宜老① 曹邺

常闻诗人语，西子不宜老。赖识丹元君，时来语蓬岛。

【注】

①诗见《全唐诗》卷五百九十二。节选。

姑苏台·美人和泪去① 曹邺

南宫酒未销，又宴姑苏台。美人和泪去，半夜闻门开。

相对正歌舞，笑中闻鼓鼙。星散九重门，血流十二街。

一去成万古，台尽人不回。时闻野田中，拾得黄金钗。

【注】

①诗见《全唐诗》卷五百九十三。

语儿见新月·忆西施　　徐　凝①

几处天边见新月，经过草市忆西施。

娟娟水宿初三夜，曾伴愁娥到语儿。

【注】

①徐凝：睦州分水（今浙江桐庐）人。与白居易、元稹生活在同时代而稍晚。诗见《全唐诗》卷四百七十四。

吴中怀古·西施舞初罢　　刘　驾①

勾践饮胆日，吴酒正满杯。笙歌入海云，声自姑苏来。

西施舞初罢，侍儿整金钗。众女不敢妒，自比泉下泥。

越鼓声腾腾，吴天隔尘埃。难将甬东地，更学会稽栖。

霸迹一朝尽，草中棠梨开。

【注】

①刘驾：字司南，江东人。与曹邺友善，曾游越中。大中六年（852）进士。867年尚在世。诗见《全唐诗》卷五百八十五。一题作《姑苏台》。

牡丹·绝代只西子　卢　肇①

绝代只西子，众芳唯牡丹。月中虚有桂，天上谩夸兰。

【注】

①卢肇（818—882）：字子发，袁州（江西新余分宜）人。唐会昌三年（843）状元及第，为李德裕门生。先后任歙州、宣州、池州、吉州刺史。诗见《全唐诗补编·续拾》卷三十一。节选。

句·西施花　高　骈①

何人种得西施花，千古春风开不尽。

【注】

①高骈（821—887）：字千里。幽州（今北京西南）人。历右神策军都虞候、秦州刺史、安南都护等。句见《全唐诗》卷五百九十八。

越　女　汪　遵①

玉貌何曾为浣纱？只图勾践献夫差。
苏台日夜唯歌舞，不觉干戈犯翠华。

【注】

①汪遵：与许棠同乡、同时代。《唐诗纪事》作宣城人，《唐才子传》作宣州泾县人。咸通七年（866）擢进士第。约唐僖宗乾符中（877年前后）在世。诗见《全唐诗》卷六百二。

牡丹·南国西施　唐彦谦①

颜色无因饶锦绣，馨香惟解掩兰荪。

那堪更被烟蒙蔽，南国西施泣断魂。

【注】

①唐彦谦（？—893）：字茂业，号"鹿门先生"。并州晋阳（今山西太原）人。有说是咸通二年（861）进士。诗见《全唐诗》卷六百七十二。

偶作五首·西施颜色可倾国①　贯　休

君不见金陵风台月榭烟霞光，如今五里十里野火烧茫茫。

君不见西施绿珠颜色可倾国，乐极悲来留不得。

君不见汉王力尽得乾坤，如何秋雨洒庙门。

铜台老树作精魅，金谷野狐多子孙。

几许繁华几更改，唯有尧舜周召丘轲似长在。

坐看楼阁成丘墟，莫话桑田变成海。

吾有清凉雪山雪，天上人间常皎洁。

茫茫欲火欲烧人，惆怅无因为君说。

【注】

①诗见《全唐诗》卷八百二十八。此其五。

读顾况歌行·西子骨①　贯　休

花飞飞，雪霏霏，三珠树晓珠累累。

妖孤爬出西子骨，雷车揿破织女机。

【注】

①诗见《全唐诗》卷八百二十七。节选。

西 施① 罗 隐

家国兴亡自有时，吴人何苦怨西施？

西施若解倾吴国，越国亡来又是谁？

【注】

①诗见《全唐诗》卷六百五十六。

姑苏台·解崇台榭为西施① 罗 隐

让高泰伯开基日，贤见延陵复命时。

未会子孙因底事，解崇台榭为西施。

【注】

①诗见《全唐诗》卷六百五十八。

姑苏真娘墓·伴西子① 罗 隐

春草荒坟墓，萋萋向虎丘。死犹嫌寂寞，生肯不风流？

皎镜山泉冷，轻裾海雾秋。还应伴西子，香径夜深游。

【注】

①诗见《全唐诗》卷六百六十一。

庭花·西子老兼至^①　罗　隐

昨日芳艳浓，开尊几同醉。今朝风雨恶，惆怅人生事？

南威病不起，西子老兼至。向晚寂无人，相偎堕红泪。

【注】

①诗见《全唐诗》卷六百六十五。

叹落花·西子笑靥^①　韦　庄

一夜霏微露湿烟，晓来和泪丧婵娟。

不随残雪埋芳草，尽逐香风上舞筵。

西子去时遗笑靥，谢娥行处落金钿。

飘红堕白堪惆怅，少别秾华又隔年。

【注】

①诗见《全唐诗》卷六百九十五。

问吴宫辞·美人雄剑^①　陆龟蒙

彼吴之宫兮江之那涯，复道盘兮当高且斜。

波摇疏兮雾蒙箔，菡萏国兮鸳鸯家。

鸾之箫兮蛟之瑟，骈筠参差兮界丝密。

宴曲房兮上初日，月落星稀兮歌酣未毕。

越山丛丛兮越溪疾，美人雄剑兮相先后出。

火姑苏兮沼长洲，此宫之丽人兮留乎不留。

霜氛重兮孤榜晓，远树扶苏兮愁烟悄眇。

欲摭愁烟兮问故基，又恐愁烟兮推白鸟。

【注】

①诗见《全唐诗》卷六百二十一。

吴宫怀古·西施胜六宫① 陆龟蒙

香径长洲尽棘丛，奢云艳雨只悲风。

吴王事事须亡国，未必西施胜六宫。

【注】

①诗见《全唐诗》卷六百二十九。

和袭美馆娃宫怀古五绝·西子亡吴① 陆龟蒙

三千虽衣水犀珠，半夜夫差国暗屠。

犹有八人皆二八，独教西子占亡吴。

一宫花渚漾涟漪，俀堕鸦鬟出茧眉。

可料座中歌舞袖，便将残节拂降旗。

【注】

①诗见《全唐诗》卷六百二十八。此其一、其二。

村西杏花二首·西子病① 司空图

薄腻力偏羸，看看怆别时。东风狂不惜，西子病难医。

【注】

①诗见《全唐诗》卷六百三十二。此其一。

馆娃宫怀古五绝·只合西施濑上游① 皮日休

半夜娃宫作战场，血腥犹杂宴时香。
西施不及烧残蜡，犹为君王泣数行。

素袜虽遮未掩羞，越兵犹怕伍员头。
吴王恨魄今如在，只合西施濑上游。

响屧廊中金玉步，采兰山上绮罗身。
不知水葬今何处，溪月弯弯欲效颦。

【注】

①诗见《全唐诗》卷六百十五。此其三、其四、其五。

咏白莲二首·西施上素妆① 皮日休

腻于琼粉白于脂，京兆夫人未画眉。
静婉舞偷将动处，西施嚬效半开时。
通宵带露妆难洗，尽日凌波步不移。
愿作水仙无别意，年年图与此花期。

细嗅深看暗断肠，从今无意爱红芳。
折来只合琼为客，把种应须玉甃塘。
向日但疑酥滴水，含风浑讶雪生香。

吴王台下开多少，遥似西施上素妆。

【注】

①诗见《全唐诗》卷八百八十五。

联句·西施一笑　　归　仁①

舟归范蠡五湖上，国破西施一笑中。

【注】

①归仁：晚唐诗人。此联见《全唐诗补编》，辑录自《吟窗杂录》卷十三。句亦见杨乘《吴中书事》，"舟"作"名"。

比红儿诗·西子浣纱　　罗　虬①

越山重叠越溪斜，西子休怜解浣纱。
得似红儿今日貌，肯教将去与夫差。

【注】

①罗虬：唐末台州人。与宗人罗隐、罗邺齐名，时号"三罗"。《比红儿诗》共百首七绝，此其二十五。全诗运用"尊题"格的修辞法，择古之绝代佳人与红儿作比，并作评价。

次韵·西子无言①　　鱼玄机

恐向瑶池曾作女，谪来尘世未为男。
文姬有貌终堪比，西子无言我更惭。

【注】

①诗见《全唐诗》卷八百四。节选。

哭花·葬西施　韩　偓①

曾愁香结破颜迟，今见妖红委地时。

若是有情争不哭，夜来风雨葬西施。

【注】

①韩偓（844—923）：字致光，号玉山樵人。唐昭宗龙纪元年（889）进士。诗见《全唐诗》卷六百八十三。

蔷薇·西施新妆　吴　融①

万卉春风度，繁花夏景长。馆娃人尽醉，西子始新妆。

【注】

①吴融（850—903）：字子华。越州山阴（今浙江绍兴）人。唐昭宗龙纪初进士。诗见《全唐诗》卷六百八十六。

寄杨状头赞图·西子妆　殷文圭①

迟开都为让群芳，贵地栽成对玉堂。

红艳裛烟疑欲语，素华映月只闻香。

剪裁偏得东风意，淡薄似矜西子妆。

雅称花中为首冠，年年长占断春光。

【注】

①殷文圭（？—920）：字表儒。乾宁五年（898）进士。诗见《全唐诗》卷七百七。

浣溪沙二首　薛昭蕴①

倾国倾城恨有余，几多红泪泣姑苏，倚风凝睇雪肌肤。
吴主山河空落日，越王宫殿半平芜，藕花菱蔓满重湖。

越女淘金春水上，步摇云鬓佩鸣珰，渚风江草又清香。
不为远山凝翠黛，只应含恨向斜阳，碧桃花榭忆刘郎。

【注】

①薛昭蕴：字澄州。薛保逊（唐太和时人）之子。前蜀后主王衍时，官侍郎。擅词，入《花间集》。词见《全唐诗》卷八百九十四。

寄天台陈希畋·西施贫①　徐 夤

阴山冰冻尝迎夏，蛰户云雷只待春。
吕望岂嫌垂钓老，西施不恨浣纱贫。
坐为羽猎车中相，飞作君王掌上身。
拍手相思惟大笑，我曹宁比等闲人。

【注】

①诗见《全唐诗》卷七百九。

蝴蝶二首·西施采香[①] 徐 夤

拂绿穿红丽日长，一生心事住春光。

最嫌神女来行雨，爱伴西施去采香。

风定只应攒蕊粉，夜寒长是宿花房。

鸣蝉性分殊迂阔，空解三秋噪夕阳。

【注】

①诗见《全唐诗》卷七百十。此其二。

李夫人二首·西施死处同[①] 徐 夤

招得香魂爵少翁，九华灯烛晓还空。

汉王不及吴王乐，且与西施死处同。

【注】

①诗见《全唐诗》卷七百十一。此其二。

西 施 苏 拯[①]

吴王从骄佚，天产西施出。岂徒伐一人，所希救群物。

良由上天意，恶盈戒奢侈。不独破吴国，不独生越水。

在周名褒姒，在纣名妲己。变化本多涂，生杀亦如此。

君王政不修，立地生西子。

【注】

①苏拯：生活在晚唐昭宗光化前后。诗见《全唐诗》卷七百十八。

和三乡诗·浣纱游女　王　涤①

浣纱游女出关东，旧迹新词一梦中。

槐陌柳亭何限事，年年回首向春风。

【注】

①王涤：字用霖。唐昭宗景福年间（892—893）进士。哀帝天祐间，避乱入闽。与贯休友善。诗见《全唐诗》卷七百二十六。

赠妓人王福娘·西子晨妆　孙　棨①

不怕寒侵缘带宝，每忧风举倩持裾。

谩图西子晨妆样，西子元来未得如。

【注】

①孙棨：字文威，号"无为子"。唐中和四年（884）撰成《北里志》。诗见《全唐诗》卷七百二十七。节选。

蔷薇二首·笑西施　李建勋①

拂檐拖地对前墀，蝶影蜂声烂熳时。

万倍馨香胜玉蕊，一生颜色笑西施。

忘归醉客临高架，恃宠佳人索好枝。

将并舞腰谁得及，惹衣伤手尽从伊。

【注】

①李建勋（872—952）：字致尧。仕南唐。有《钟山集》。诗见

《全唐诗》卷七百三十九。此其二。

姑苏怀古·花疑西子脸　李　中①

苏台踪迹在，旷望向江滨。往事谁堪问，连空草自春。

花疑西子脸，涛想伍胥神。吟尽情难尽，斜阳照路尘。

【注】

　　①李中：字有中。约920—974年在世。出生地、仕历在江西。诗见《全唐诗》卷七百四十七。

西　施　卢　注①

惆怅兴亡系绮罗，世人犹自选青娥。

越王解破夫差国，一个西施已是多。

【注】

①卢注：晚唐诗人。家荆南。诗见《全唐诗》卷七百六十八。

阖闾城怀古　裴　瑶①

五湖春水接遥天，国破君亡不记年。

惟有妖娥曾舞处，古台寂寞起愁烟。

【注】

①裴瑶：晚唐诗人。诗见《全唐诗》卷七百七十二。亦见《全唐诗》卷八百一，同题，作者刘瑶。

咏西施　杜光庭[1]

素面已云妖，更着花钿饰。脸横一寸波，浸破吴王国。

【注】

①杜光庭（850—933）：字圣宾，号"东瀛子"，处州缙云（今浙江缙云）人。唐懿宗时，入道天台山。僖宗时，为供奉麟德殿文章应制。随僖宗入蜀，追随前蜀王建，官至户部侍郎。赐号"传真天师"。晚年辞官隐居四川青城山。诗见《全唐诗》卷八百五十四。一作郑遨诗。

谢王轩[1]（三首）　西　施

妾自吴宫还越国，素衣千载无人识。
当时心比金石坚，今日为君坚不得。

高花岩外晓相鲜，幽鸟雨中啼不歇。
红云飞过大江西，从此人间怨风月。

云霞出没群峰外，鸥鸟浮沉一水间。
一自越兵齐振地，梦魂不到虎丘山。

【注】

①诗为王轩或后辈文人拟作，托名西施。见《全唐诗》卷八百六十六。

林书记蔷薇·西施晓下吴王殿　　张　碧①

双成涌出琉璃宫，天香阔罩红熏笼。

西施晓下吴王殿，乱抛娇脸新匀浓。

【注】

　　①张碧：900年前后在世。诗见《全唐诗》卷八百八十三。节选。

看牡丹二首·西子能言　　孙　鲂①

莫将红粉比秾华，红粉那堪比此花。

隔院闻香谁不惜，出栏呈艳自应夸。

北方有态须倾国，西子能言亦丧家。

输我一枝和晓露，真珠帘外向人斜。

【注】

　　①孙鲂：字伯鱼。曾仕吴、南唐。诗见《全唐诗》卷八百八十六。此其一。

江城子·西子镜　　欧阳炯①

晚日金陵岸草平，落霞明，水无情。六代繁华，暗逐逝波声。空有姑苏台上月，如西子镜，照江城。

【注】

　　①欧阳炯（896—971）：在后蜀历任中书舍人、翰林学士、门下侍郎同平章事，随孟昶降宋，授散骑常侍。花间词人代表。词见《全唐诗》卷八百九十六。

思越人二首 · 魂销目断西子　孙光宪①

古台平，芳草远，馆娃宫外春深。翠黛空留千载恨，教人何处相寻。　　绮罗无复当时事，露花点滴香泪。惆怅遥天横渌水，鸳鸯对对飞起。

渚莲枯，宫树老，长洲废苑萧条。想象玉人空处所，月明独上溪桥。　　经春初败秋风起，红兰绿蕙愁死。一片风流伤心地，魂销目断西子。

【注】

①孙光宪（901—968）：字孟文，自号"葆光子"。仕南平三世。入宋，为黄州刺史。词见《全唐诗》卷八百九十七。

明月湖醉后蔷薇花歌 · 西施醉　无名氏①

万朵当轩红灼灼，晚阴照水尘不着。
西施醉后情不禁，侍儿扶下蕊珠阁。

【注】

①诗见《全唐诗》卷七百八十五。节选。

牡丹 · 西子妆楼　无名氏①

红开西子妆楼晓，翠揭麻姑水殿春。

【注】

①句见《苕溪渔隐丛话前集》卷二十七引《陈辅之诗话》。

郑 旦

西施咏·浣纱伴[①]　王　维

艳色天下重，西施宁久微？朝仍越溪女，暮作吴宫妃。

贱日岂殊众？贵来方悟稀。邀人傅香粉，不自着罗衣。

君宠益娇态，君怜无是非。当时浣纱伴，莫得同车归。

持谢邻家子，效颦安可希？

【注】

①此诗郁贤皓、竺岳兵等认为当作于开元十年（722）稍后，诗见《全唐诗》卷一百二十五。

宫怨·西子颒　长孙佐辅[①]

窗前好树名玫瑰，去年花落今年开。

无情春色尚识返，君心忽断何时来。

忆昔妆成候仙仗，宫琐玲珑日新上。

扪心却笑西子颒，掩鼻谁忧郑姬谤。

【注】

①长孙佐辅：朔方人，鲜卑族。唐德宗贞元中794年前后在世。诗见《全唐诗》卷二十，入《相和歌辞》。亦见《全唐诗》卷四百六十

九，题为《古宫怨》。节选。

寓怀·浣纱伴① 许 浑

南国浣纱伴，盈盈天下姝。盘金明绣带，动佩响罗襦。

素手怨瑶瑟，清心悲玉壶。春华坐销落，未忍泣蘼芜。

【注】

①诗见《全唐诗》卷五百二十八。浣纱伴：西施与郑旦浣纱作伴。

馆娃宫怀古五绝·郑旦无言下玉墀① 皮日休

郑旦无言下玉墀，夜来飞箭满罘罳。

越王定指高台笑，却见当时金镂楣。

【注】

①诗见《全唐诗》卷六百十五。此其二。

练渎·郑旦醉① 皮日休

波殿郑旦醉，蟾阁西施宿。几转含烟舟，一唱来云曲。

【注】

①练渎：在太湖。诗见《全唐诗》卷六百十。节选。

越溪女 于 濆①

会稽山上云，化作越溪人。枉破吴王国，徒为西子身。

江边浣纱伴，黄金扼双腕。倏忽不相期，思倾赵飞燕。

妾家基业薄，空有如花面。嫁尽绿窗人，独自盘金线。

【注】

    ①于濆：字子漪。唐咸通二年（861）进士。僖宗乾符年间在世。诗见《全唐诗》卷五百九十九。

范 蠡

相逢狭路间·陶朱情　李德林[1]

流水琴前韵，飞尘歌后轻。大子难为弟，中子难为兄。

小子轻财利，实见陶朱情。

【注】

　　[1]李德林（530－590）：字公辅。北齐天保中，举秀才。仕北齐、北周、隋。诗见郭茂倩《乐府诗集》卷三十四。节选。

赠梁公·范蠡智　王　绩[1]

范蠡何智哉，单舟戒轻装。疏广岂不怀，策杖还故乡。

朱门虽足悦，赤族亦可伤。履霜成坚冰，知足胜不祥。

我今穷家子，自言此见长。功成皆能退，在昔谁灭亡。

【注】

　　[1]王绩（约589—644）：字无功，号"东皋子"。隋末举孝廉，后弃官还乡。唐武德中，以前朝官待诏门下省，不久以疾罢归。诗见《全唐诗》卷三十七。节选。

感遇诗三十八首·鸱夷子　陈子昂①

贵人难得意，赏爱在须臾。

莫以心如玉，探他明月珠。

昔称夭桃子，今为春市徒。

鸱鸮悲东国，麋鹿泣姑苏。

谁见鸱夷子，扁舟去五湖。

【注】

①陈子昂（约659—约700）：字伯玉。文明元年（684）进士。诗见《全唐诗》卷八十三。此其十五。

悲歌·范子爱五湖①　李　白

秦家李斯早追悔，虚名拨向身之外。

范子何曾爱五湖，功成名遂身自退。

【注】

①诗见《全唐诗》卷二十四。节选。

古风·鸱夷弄扁舟①　李　白

功成身不退，自古多愆尤。黄犬空叹息，绿珠成衅仇。

何如鸱夷子，散发弄扁舟。

【注】

①诗见《全唐诗》卷一百六十一。节选。

留别曹南群官之江南·范蠡说勾践 李 白①

范蠡说勾践，屈平去怀王。飘飘紫霞心，流浪忆江乡。

【注】

①诗见《全唐诗》卷一百七十四。节选。

留别王司马嵩·陶朱五湖心① 李 白

鲁连卖谈笑，岂是顾千金。陶朱虽相越，本有五湖心。
余亦南阳子，时为梁甫吟。苍山容偃蹇，白日惜颓侵。
愿一佐明主，功成还旧林。

【注】

①诗见《全唐诗》卷一百七十四。节选。

越中秋怀·五湖扁舟① 李 白

越水绕碧山，周回数千里。乃是天镜中，分明画相似。
爱此从冥搜，永怀临湍游。一为沧波客，十见红蕖秋。
观涛壮天险，望海令人愁。路遄迫西照，岁晚悲东流。
何必探禹穴，逝将归蓬丘。不然五湖上，亦可乘扁舟。

【注】

①诗见《全唐诗》卷一百八十三。

古乐府飞龙曲留上陈左相 · 范蠡舟　　高　适①

天地庄生马，江湖范蠡舟。逍遥堪自乐，浩荡信无忧。
去此从黄绶，归欤任白头。风尘与霄汉，瞻望日悠悠。

【注】

①高适（约704—约765）：字达夫、仲武。诗见《全唐诗》卷二百
十四。节选。

观李固请司马弟山水图三首 · 范蠡舟①　　杜　甫

方丈浑连水，天台总映云。人间长见画，老去恨空闻。
范蠡舟偏小，王乔鹤不群。此生随万物，何路出尘氛。

【注】

①诗见《全唐诗》卷二百二十六。此其二。

泊震泽口 · 范蠡亦乘流　　薛　据①

日落草木阴，舟徒泊江汜。苍茫万象开，合沓闻风水。
洄沿值渔翁，窈窕逢樵子。云开天宇静，月明照万里。
早雁湖上飞，晨钟海边起。独坐嗟远游，登岸望孤洲。
零落星欲尽，朣胧气渐收。行藏空自秉，智识仍未周。
伍胥既仗剑，范蠡亦乘流。歌竟鼓楫去，三江多客愁。

【注】

①薛据：也作"薛璩"，开元进士，生活年代与王维、杜甫同时。

诗见《全唐诗》卷二百五十三。

览古十四首·何不若范蠡　吴　筠[①]

吾观采苓什，复感青蝇诗。谗佞乱忠孝，古今同所悲。
奸邪起谮害[②]，骨肉相残夷。汉储殒江充，晋嗣灭骊姬。
天性犹可间，君臣固其宜。子胥烹吴鼎，文种断越铍。
屈原沉湘流，厥戚咸自贻。何不若范蠡，扁舟无还期。

【注】

①吴筠（？—778）：字贞节、正节。进士落第归隐道门，入嵩山。与李白等交往甚密。玄宗多次征召，吴筠荐李白，俱待诏翰林。后被高力士谗伤，固辞还山。东游会稽，与李白隐剡中。诗见《全唐诗》卷八百五十三。此其五。

②谮害：钦定《全唐诗》作"狡猾"。

甫构西亭偶题，
因呈监军及幕中诸公·范蠡畏熔金　武元衡[①]

暗香兰露滴，空翠蕙楼深。负鼎位尝忝，荷戈年屡侵。
百城烦鞅掌，九仞喜岖嵚。巴汉溯沿楫，岷峨千万岑。
恩偏不敢去，范蠡畏熔金。

【注】

①武元衡（758—815）：字伯苍。建中四年（783）进士。有《临淮集》十卷。诗见《全唐诗》卷三百十七。节选。

代诸妓赠送周判官·莫泛扁舟寻范蠡^①　白居易

莫泛扁舟寻范蠡，且随五马觅罗敷。
兰亭月破能回否，娃馆秋凉却到无?

【注】

　　①诗见《全唐诗》卷四百四十七。节选。

酬别周从事二首·莫作陶潜范蠡看^①　白居易

腰痛拜迎人客倦，眼昏勾押簿书难。
辞官归去缘衰病，莫作陶潜范蠡看。

【注】

　　①诗见《全唐诗》卷四百四十七。此其一。

松江怀古·无人踪范蠡　张　祜^①

碧树吴洲远，青山震泽深。无人踪范蠡，烟水暮沉沉。

【注】

　　①张祜（约785—849）：字承吉。爱丹阳曲阿地，隐居以终。诗见《全唐诗》卷五百十一。

忆江东旧游四十韵寄宣武
李尚书·铸金范蠡^①　张　祜

范蠡尝金铸，吴王昔土崩。雄图翻自失，高躅鲜相承。

禹庙思陈藻，秦山忆杖藤。几时心豁豁，长日醉瞢瞢。

【注】

①诗见《全唐诗补编·全唐诗补逸》卷十一。节选。

从军行·逢范蠡　厉　玄^①

边草早不春，剑花增泞尘。广场收骥尾，清瀚怯龙鳞。

帆色已归越，松声厌避秦。几时逢范蠡，处处是通津。

【注】

①厉玄：唐太和二年（828）进士，官终侍御史。诗见郭茂倩《乐府诗集》卷三十三。

吴越怀古·范蠡长游　李　远^①

吴越千年奈怨何，两宫清吹作樵歌。

姑苏一败云无色，范蠡长游水自波。

霞拂故城疑转斾，月依荒树想颬蛾。

行人欲问西施馆，江鸟寒飞碧草多。

【注】

①李远：字求古，一作承古。大和五年（831）进士。官至御史中

207

丞。诗与许浑齐名。诗见《全唐诗》卷五百十九。

西江怀古·范蠡清尘[①]　杜　牧

上吞巴汉控潇湘，怒似连山净镜光。

魏帝缝囊真戏剧，苻坚投棰更荒唐。

千秋钓艇歌明月，万里沙鸥弄夕阳，

范蠡清尘何寂寞，好风唯属往来商。

【注】

　①诗见《全唐诗》卷五百二十二。

行经庐山东林寺·范蠡入五湖[①]　杜　牧

离魂断续楚江壖，叶坠初红十月天。

紫陌事多难暂息，青山长在好闲眠。

方趋上国期干禄，未得空堂学坐禅。

他岁若教如范蠡，也应须入五湖烟。

【注】

　①诗见《全唐诗》卷五百二十六。

题宣州开元寺水阁，阁下宛溪，
夹溪居人·五湖烟树[①]　杜　牧

六朝文物草连空，天淡云闲今古同。

鸟去鸟来山色里，人歌人哭水声中。

深秋帘幕千家雨，落日楼台一笛风。

惆怅无因见范蠡，参差烟树五湖东。

【注】

①诗见《全唐诗》卷五百二十二。

长洲·范蠡湖　赵嘏①

扁舟殊不系，浩荡路才分。范蠡湖中树，吴王苑外云。
悲心人望月，独夜雁离群。明发还驱马，关城见日曛。

【注】

①赵嘏（约806—约853）：字承祐。会昌四年（844）进士。诗见《全唐诗》卷五百四十九。

利州南渡·乘舟寻范蠡　温庭筠①

澹然空水对斜晖，曲岛苍茫接翠微。
波上马嘶看棹去，柳边人歇待船归。
数丛沙草群鸥散，万顷江田一鹭飞。
谁解乘舟寻范蠡，五湖烟水独忘机。

【注】

①温庭筠（约812—866）：本名岐，字飞卿。花间派鼻祖。诗见《全唐诗》卷五百七十八。

和友人题壁·范蠡归①　温庭筠

冲尚犹来出范围，肯将经世作风徽。

三台位缺严陵卧，百战功高范蠡归。

自欲一鸣惊鹤寝，不应孤愤学牛衣。

西州未有看棋暇，涧户何由得掩扉。

【注】

①诗见《全唐诗》卷五百七十八。

续古二十九首·范子相勾践① 陈　陶

范子相勾践，灭吴成大勋。虽然五湖去，终愧磻溪云。

【注】

①诗见《全唐诗》卷七百四十六。此其十五。

镜湖夜泊有怀·范蠡扁舟① 李　频

广水遥堤利物功，因思太守惠无穷。

自从版筑兴农隙，长与耕耘致岁丰。

涨接星津流荡漾，宽浮云岫动虚空。

想当战国开时有，范蠡扁舟只此中。

【注】

①诗见《全唐诗》卷五百八十七。

吴中书事·范蠡归五湖 杨　乘①

十万人家天堑东，管弦台榭满春风。

名归范蠡五湖上，国破西施一笑中。

香径自生兰叶小，响廊深映月华空。

尊前多暇但怀古，尽日愁吟谁与同。

【注】

①杨乘：宣宗大中元年（847）进士，官至殿中侍御史。诗见《全唐诗》卷五百十七。

五湖·谁似陶朱[①]　汪　遵

已立平吴霸越功，片帆高扬五湖风。

不知战国官荣者，谁似陶朱得始终。

【注】

①诗见《全唐诗》卷六百二。

秋末入匡山船行八首·范蠡飘零[①]　贯　休

南北虽无适，东西亦似萍。霞根生石片，象迹坏沙汀。

莽莽兼葭赤，微微蜃蛤腥。因思范蠡辈，未免亦飘零。

【注】

①诗见《全唐诗》卷八百三十一。此其七。

洛城作·铸金夸范蠡[①]　罗　隐

大卤旌旗出洛滨，此中烟月已埃尘。

更无楼阁寻行处，只有山川识野人。

早得铸金夸范蠡，旋闻垂钓哭平津。

旧游难得时难遇，回首空城百草春。

【注】

①诗见《全唐诗》卷六百五十五。

退居·范蠡贪婪① 徐 寅

鹤性松心合在山，五侯门馆怯趋攀。

三年卧病不能免，一日受恩方得还。

明月送人沿驿路，白云随马入柴关。

笑他范蠡贪婪甚，相罢金多始退闲。

【注】

①诗见《全唐诗》卷七百八。

范 蠡① 陆龟蒙

平吴专越祸胎深，岂是功成有去心。

勾践不知嫌鸟喙，归来犹自铸良金。

【注】

①诗见《全唐诗》卷六百二十九。

五 湖 胡 曾①

东上高山望五湖，雪涛烟浪起天隅。

不知范蠡乘舟后，更有功臣继踵无。

【注】

①胡曾（约839—?）：号秋田。咸通十二年（871），为剑南西川节度使路岩掌书记。乾符元年（874）为剑南西川节度使高骈掌书记。乾符五年，从高骈赴荆南任职。诗见《全唐诗》卷六百四十七。

寓题·五湖抛官① 黄滔

吴中烟水越中山，莫把渔樵谩自宽。
归泛扁舟可容易，五湖高士是抛官。

【注】

①诗见《全唐诗》卷七百六。

春秋战国门·范蠡 周昙①

西子能令转嫁吴，会稽知尔啄姑苏。
迹高尘外功成处，一叶翩翩在五湖。

【注】

①周昙：生活在唐朝末期，曾任国子直讲。有《咏史诗》八卷。诗见《全唐诗》卷七百二十八。

春宵·范蠡才堪重 刘兼①

春云春日共朦胧，满院梨花半夜风。
宿酒未醒珠箔卷，艳歌初阕玉楼空。
五湖范蠡才堪重，六印苏秦道不同。
再取素琴聊假寐，南柯灵梦莫相通。

【注】

①刘兼：唐末五代时长安人。960年前后在世。曾官荣州刺史。诗见《全唐诗》卷七百六十六。

春夕遣怀·范蠡扁舟① 刘 兼

穷通分定莫凄凉，且放欢情入醉乡。
范蠡扁舟终去相，冯唐半世只为郎。
风飘玉笛梅初落，酒泛金樽月未央。
休把虚名挠怀抱，九原丘陇尽侯王。

【注】

①诗见《全唐诗》卷七百六十六。

宿山驿·范蠡扁舟 吴商浩①

文战何堪功未图，又驱羸马指天衢。
露华凝夜渚莲尽，月彩满轮山驿孤。
歧路辛勤终日有，乡关音信隔年无。
好同范蠡扁舟兴，高挂一帆归五湖。

【注】

①吴商浩：唐代明州（今浙江宁波）人。进士。诗见《全唐诗》卷七百七十四。

辞郡守李公恩命·随范蠡 恒 超①

虚着褐衣老，浮杯道不成。誓传经论死，不染利名生。

厌树遮山色，怜窗向月明。他时随范蠡，一棹五湖清。

【注】

①恒超（约876—949）：俗姓冯。后梁龙德二年（922）到山东无棣县开元寺挂锡，在寺东北隅另创一院，弘讲经论。诗见《全唐诗》卷八百二十五。

题鸿都观·亡吴霸越①　　杜光庭

亡吴霸越已功全，深隐云林始学仙。

鸾鹤自飘三蜀驾，波涛犹忆五湖船。

双溪夜月明寒玉，众岭秋空敛翠烟。

也有扁舟归去兴，故乡东望思悠然。

【注】

①诗见《全唐诗》卷八百五十四。一说此诗咏的是计倪（计然）。计然，春秋末越国著名谋士，字文子。原为晋国人，后南游于越，范蠡师事之。曾应越王勾践之召，谈君主治国盛衰之道。

勾 践

越中览古·勾践破吴①　　李　白

越王勾践破吴归，义士还乡尽锦衣。

宫女如花满春殿，只今惟有鹧鸪飞。

【注】

　　①此诗写于天宝六年（747）。诗见《全唐诗》卷一百八十一。

登吴古城歌·越王尝胆①　　刘长卿

登古城兮思古人，感贤达兮同埃尘。

望平原兮寄远目，叹姑苏兮聚麋鹿。

黄池高会事未终，沧海横流人荡覆。

伍员杀身谁不冤，竟看墓树如所言。

越王尝胆安可敌，远取石田何所益。

一朝空谢会稽人，万古犹伤甬东客。

黍离离兮城坡坨，牛羊践兮牧竖歌。

【注】

　　①诗见《全唐诗》卷一百五十一。节选。

壮游·忆勾践① 杜 甫

枕戈忆勾践，渡浙想秦皇。蒸鱼闻匕首，除道哂要章。

越女天下白，鉴湖五月凉。剡溪蕴秀异，欲罢不能忘。

归帆拂天姥，中岁贡旧乡。

【注】

①诗见《全唐诗》卷二百二十二。节选。

读勾践传 吕 温①

丈夫可杀不可羞，如何送我海西头。

更生更聚终须报，二十年间死即休。

【注】

①吕温（771—811）：字和叔，又字化光。唐德宗贞元十四年（798）进士。因与宰相李吉甫有隙，元和三年（808）秋，贬道州刺史，后徙衡州，世称"吕衡州"。诗见《全唐诗》卷三百七十一。

和微之春日投简阳明洞天五十韵·勾践遗风霸① 白居易

青阳行已半，白日坐将徂。越国强仍大，稽城高且孤。

利饶盐煮海，名胜水澄湖。牛斗天垂象，台明地展图。

瑰奇填市井，佳丽溢闉阇。勾践遗风霸，西施旧俗姝。

【注】

①诗见《全唐诗》卷四百四十九。节选。

吴宫·勾践霸　殷尧藩①

吴王爱歌舞，夜夜醉婵娟。见日吹红烛，和尘扫翠钿。

徒令勾践霸，不信子胥贤。莫问长洲草，荒凉无限年。

【注】

①殷尧藩（780—855）：苏州嘉兴（今浙江嘉兴市南）人。唐元和九年（814）进士。官至侍御史。诗见《全唐诗》卷四百九十二。

和袭美馆娃宫怀古五绝·勾践楼船①　陆龟蒙

江色分明练绕台，战帆遥隔绮疏开。

波神自厌荒淫主，勾践楼船稳帖来。

【注】

①诗见《全唐诗》卷六百二十八。此其四。

馆娃宫怀古五绝·只把西施赚得吴①　皮日休

绮阁飘香下太湖，乱兵侵晓上姑苏。

越王大有堪羞处，只把西施赚得吴。

【注】

①诗见《全唐诗》卷六百十五。此其一。

经馆娃宫·勾践胆未尝[①]　于　濆

馆娃宫畔顾，国变生娇妒。勾践胆未尝，夫差心已误。

吴亡甘已矣，越胜今何处。当时二国君，一种边江墓。

【注】

①诗见《全唐诗》卷五百九十九。

咏史·越王兵败[①]　胡　曾

越王兵败已山栖，岂望全生出会稽。

何事夫差无远虑，更开罗网放鲸鲵。

【注】

①诗见《全唐诗》卷六百四十七。

读《吴越春秋》[①]　贯　休

犹来吴越尽须惭，背德违盟又信谗。宰嚭一言终杀伍，
大夫七事只须三。功成献寿歌飘雪，谁爱扁舟水似蓝。
今日雄图又何在，野花香径鸟喃喃。

【注】

①诗见《全唐诗》卷八百三十五。

秋日钱塘作 · 勾践魂如在　　齐　己[1]

秋色明水国，游子倚长亭。海浸全吴白，山澄百越青。

英雄贵黎庶，封土绝精灵。勾践魂如在，应悬战血腥。

【注】

[1]齐己（863—937）：湖南长沙宁乡县人。出家前俗名胡得生，晚年自号"衡岳沙门"。诗见《全唐诗》卷八百三十九。

柳枝辞九首 · 勾践迎西子　　成彦雄[1]

勾践初迎西子年，琉璃为帚扫溪烟。

至今不改当时色，留与王孙系酒船。

【注】

[1]成彦雄：字文幹，南唐进士，南唐、宋初时在世。有《梅岭集》五卷。诗见《全唐诗》卷七百五十九。此其四。

东 施

古风·效颦惊西邻① 李 白

丑女来效颦，还家惊四邻。寿陵失本步，笑杀邯郸人。

【注】

①此诗作于天宝九载（750）。诗见《全唐诗》卷一百六十一。节选。

玉壶吟·丑女效颦① 李 白

西施宜笑复宜颦，丑女效之徒累身。

君王虽爱蛾眉好，无奈宫中妒杀人。

【注】

①此诗作于天宝二载（743）。诗见《全唐诗》卷一百六十六。节选。

效古·西施与东邻① 李 白

自古有秀色，西施与东邻。蛾眉不可妒，况乃效其颦。

所以尹婕好，羞见邢夫人。低头不出气，塞默少精神。

寄语无盐子，如君何足珍。

【注】

①此诗作于天宝二载（743）。诗见《全唐诗》卷一百八十三。

嘲郭凝素·东邻效西子　　朱　泽①

三春桃李本无言，苦被残阳鸟雀喧。

借问东邻效西子，何如郭素拟王轩。

【注】

①朱泽：晚唐人。曾应进士试。事迹见《云溪友议》卷上。诗见《全唐诗》卷八百七十。

浣溪沙·西子与东邻①　　孙光宪

碧玉衣裳白玉人，翠眉红脸小腰身，瑞云飞雨逐行云。　　除却弄珠兼解佩，便随西子与东邻，是谁容易比真真。

【注】

①词见《全唐诗》卷八百九十七。

慧　忠

偈·慧忠无缝塔　应　真①

湘之南，潭之北，中有黄金充一国。

无影树下合同船，琉璃殿上无知识。

【注】

①应真：耽源禅师。南阳国师慧忠的侍者、法嗣，后住吉州耽源山。南阳国师慧忠，诸暨人。《全唐诗补编·续拾》卷十五："大历十年，忠将寂，请造无缝塔。帝（唐代宗）问塔样，忠谓应真知之。忠既葬，帝问应真，乃述偈。"慧忠圆寂后，谥"大证禅师"。无缝塔，即党子谷慧忠之塔。偈见《全唐诗补编·续拾》卷十五。南阳慧忠国师（四十一代）、五泄和尚灵默（四十三代）都是六祖慧禅宗传人，应真生活在唐肃宗、代宗及稍后时代，早于灵默。

陈寡言

山 居　　陈寡言①

照水冰如鉴，扫雪玉为尘。何须问今古，便是上皇人。

醉卧茅堂不闭关，觉来开眼见青山。
松花落处宿猿在，麋鹿群群林际还。

【注】

　　①陈寡言：字大初，越州诸暨人。从衡山道士田良逸学道。唐宪宗元和间（806—820），隐居桐柏山玉霄峰。常以琴酒自娱，每每行吟咏怀，放情自适。卒年六十四岁。有诗十卷，《全唐诗》仅存《山居》《临化示弟子》两首，其中《山居》从用韵、五七言看，分为五言、七言两首诗较为合适。诗见《全唐诗》卷八百五十二。

临化示弟子①　　陈寡言

我本无形暂有形，偶来人世逐营营。
轮回债负今还毕，搔首翛然归上清。

【注】

　　①诗见《全唐诗》卷八百五十二。

曹洞宗良价专辑

良价小传

良价（807—869），俗姓俞，浙江诸暨五泄人。幼时就近到五泄禅寺披剃出家，师从灵默禅师，修行多年。二十岁时赴河南嵩山受具足戒，戒毕回五泄继续修行。后从五泄赴各地，遍历禅林，在池州（今安徽贵池）拜谒南泉禅师得领玄契，继参沩山（今湖南宁乡）灵祐禅师受心印，再至云岩（今江苏虎丘山）参谒昙晟禅师（782—841），"过水睹影，大悟前旨"，为昙晟之法嗣。大中（847—859）末年，在新丰山（今江西宜丰境内）建洞山寺，接引后学，弘扬大道，宣讲他所悟禅宗新法，一时四方信众前来学法，世称"洞山良价"。与弟子曹山本寂（840—901）共同创立曹洞宗。

良价毕生精研佛学，造诣极深，他首倡五位君臣之说，以"正""偏""兼"三者，配以"君""臣"之位，借以分析佛教真如和世界万有之关系。圆寂后，唐懿宗赐"悟本"谥号，并敕建慧觉宝塔。

　　曹洞宗与临济、沩仰、云门、法眼号称"禅门五宗"，其中曹洞宗、临济宗两派传播范围最广，影响最为深远。

　　在唐朝，浙东人士创立禅宗主要流派，良价是独一无二的存在，因而在佛教史上地位崇高。

　　良价的诗、颂、偈语传存下来三十六首，分见于《宋高僧传》《五灯会元》《祖堂集》等，《全唐诗补编·续拾》卷三十一据以辑录。

良价诗偈

辞北堂颂（二首）① 良 价

未了心源度数春，翻嗟浮世谩逡巡。

几人得道空门里，独我淹留在世尘。

谨具尺书辞眷爱，愿明大法报慈亲。

不须洒泪频相忆，譬似当初无我身。

岩下白云常作伴，峰前碧障以为邻。

免干世上名与利，永别人间爱与憎。

祖意直教言下晓，玄微须透句中真。

合门亲戚要相见，直待当来证果因。

【注】

①颂见《全唐诗补编·续拾》卷三十一。

后寄北堂颂① 良 价

不求名利不求儒，愿乐空门舍俗徒。

烦恼尽时愁火灭，恩情断处爱河枯。

六根戒定香风引，一念无生慧力扶。

为报北堂休怅望，譬言死了譬如无。

【注】

①颂见《全唐诗补编·续拾》卷三十一。一题作《辞亲偈》。

缺　题^①　良　价

吾家本住在何方，鸟道无人到处乡。
君若出家为释子，能行此路万相当。

【注】

①见《全唐诗补编·续拾》卷三十一。

新丰吟^①　良　价

古路坦然谁措足？无人解唱还乡曲。
清风月下守株人，凉兔渐遥春草绿。
天香袭兮绝芳馥，月色凝兮非照烛。
行玄犹是涉崎岖，体妙因兹背延促。
殊不然兮何展缩，纵得然兮混泥玉。
獬豸同栏辨者嗤，熏莸共处须分郁。
长天月兮遍豁谷，不断风兮偃松竹。
我今到此得从容，吾师叱我相随逐。
新丰路兮峻仍觑，新丰洞兮湛然沃。
登者登兮不动摇，游者游兮莫勿速。
绝荆榛兮罢钐镼，饮馨香兮味清肃。
负重登临脱屣回，看他早是空担鞠。
来驾肩兮履芳躅，至澄心兮去凝目。

亭堂虽有到人稀，林泉不长寻常木。

道不镌雕非曲（象页），郢人进步何瞻瞩。

工夫不到不方圆，言语不通非眷属。

事不然兮讵冥旭，我不然兮何断续。

殷懃为报道中人，若恋玄关即拘束。

【注】

①新丰：江西新丰山，在江西宜丰，洞山寺所在。诗见《全唐诗补编·续拾》卷三十一。

宝镜三昧歌① 良 价

如是之法，佛祖密付。汝今得之，宜善保护。

银碗盛雪，明月藏鹭。类之不齐，混则知处。

意不在言，来机亦赴。动成窠臼，差落顾伫。

背触俱非，如大火聚。但形文彩，即属染污。

夜半正明，天晓不露。为物作则，用拔诸苦。

虽非有为，不是无语。如临宝镜，形形相睹。

汝不是渠，渠正是汝。如世婴儿，五相完具。

不去不来，不起不住。婆婆和和，有句无句。

终不得物，语未正故。重离六爻，偏正回互。

迭而为三，变尽成五。如荎草味，如金刚杵。

正中妙挟，敲唱双举。通宗通途，挟带挟路。

错然则吉，不可犯忤。天真而妙，不属迷悟。

因缘时节，寂然昭著。细入无间，大绝方所。

毫忽之差，不应律吕。今有顿渐，缘立宗趣。

宗趣分矣，即是规矩。宗通趣极，真常流注。

外寂中摇，系驹伏鼠。先圣悲之，为法檀度。

随其颠倒，以缁为素。颠倒想灭，肯心自许。

要合古辙，请观前古。佛道垂成，十劫观树。

如虎之缺，如马之羈。以有下劣，宝几珍御。

以有惊异，鸒奴白牯。羿以巧力，射中百步。

箭锋相值，巧力何预？木人方歌，石女起舞。

非情识到，宁容思虑？臣奉于君，子顺于父。

不顺不孝，不奉不辅。潜行密用，如愚如鲁。

但能相续，名主中主。

【注】

①诗见《全唐诗补编·续拾》卷三十一。

自　诫①　良　价

不求名利不求荣，只么随缘度此生。

三寸气消谁是主？百年身后谩虚名。

衣裳破后重重补，粮食无时旋旋营。

一个幻躯能几日，为他闲事长无明。

【注】

①诗见《全唐诗补编·续拾》卷三十一。

网要颂①（三首）　良　价

敲唱俱行

金针双锁备，叶路隐全该。宝印当空妙，重重锦缝开。

金锁玄路

交互明中暗，功齐转觉难。力穷忘进退，金锁网鞔鞔。

不堕凡圣

事理俱不涉，回照绝幽微。背风无巧拙，电火烁难追。

【注】

①诗见《全唐诗补编·续拾》卷三十一。《五灯会元》卷十三"颂"作"偈"。

功勋五位颂① 良 价

圣主由来法帝尧，御人以礼曲龙腰。

有时闹市头边过，到处文明贺圣朝。【向】

净洗浓妆为阿谁？子规声里劝人归。

百花落尽啼无尽，更向乱峰深处啼。【奉】

枯木花开劫外春，倒骑玉象乘麒麟。

而今高隐千峰外，月皎风清好日辰。【功】

众生诸佛不相侵，山自高兮水自深。

万别千差明底事，鹧鸪啼处百花新。【共功】

头角才生已不堪，拟心求佛好羞惭。

迟迟空劫无人识，肯向南询五十三。【功功】

【注】

①题下原注："本则既已出上。异本作'上堂次示问话僧颂'。"诗见《全唐诗补编·续拾》卷三十一。

真　赞① 良　价

□□□□□，□□□□□。徒观纸与墨，不是山中人。

【注】

①诗见《全唐诗补编·续拾》卷三十一。

答僧问如何是主中主① 良　价

嗟见今时学道流，千千万万认门头。

恰似入京朝圣主，只到潼关便即休。

【注】

①诗见《全唐诗补编·续拾》卷三十一。

临寂示颂①（题拟） 良　价

学者恒沙无一悟，过在寻他舌头路。

欲得忘形泯踪迹，努力殷懃空里步。

【注】

①诗见《全唐诗补编·续拾》卷三十一。

过水睹影大悟前旨，因有偈①（题拟） 良　价

切忌从他觅，迢迢与我疏。我今独自往，处处得逢渠。

渠今正是我，我今不是渠。应须与么会，方始契如如。

【注】

①偈见《全唐诗补编·续拾》卷三十一。

王子颂①（五首）　良　价

诞　生

天然贵胤本非功，德合乾坤育势隆。

始末一期无杂种，分宫六宅不他宗。

上和下睦阴阳顺，共气连枝器量同。

欲识诞生王子父，鹤腾霄汉出银笼。

朝　生

苦学论情世不群，出来凡事已超伦。

诗成五字三冬雪，笔落分毫四海云。

万卷积功彰圣代，一心忠孝辅明君。

盐梅不是生知得，金榜何劳显至勋。

末　生

久栖岩岳用功夫，草榻柴扉守志孤。

十载见闻心自委，一身冬夏衣缣无。

澄凝愁看三秋思，情苦高名上哲图。

业就巍科酬极志，比来臣相不当途。

化　生

傍分帝化为传持，万里山河布政威。

红影日轮凝下界，碧袖风冷暑炎时。

高低岂废尊卑奉，五袴苏途远近知。

妙印手持烟塞静，当阳那肯露纤机。

内　生

九重深密复何宣，挂弊繇来显妙传。

　　祇奉一人天地贵，从他诸道自分权。

　　紫罗帐合君臣隔，黄合帘垂禁制全。

　　为汝方隅官属恋，遂将黄叶止啼钱。

【注】

　　①颂见《全唐诗补编·续拾》卷三十一。

心丹诀①（二首）　　良　价

　　吾有药，号心丹，烦恼炉中炼岁年。

　　知伊不变胎中色，照耀光明遍大千。

　　开法眼，睹毫端，能变凡圣刹那间。

　　要知真假成功用，一切时中锻炼看。

　　无形状，无方圆，言中无物物中言。

　　有心用即乖真用，无意安禅无不禅。

　　亦无灭，亦无起，森罗万像皆驱使。

　　不论州土但将来，入此炉中无不是。

　　无一意，是吾意，无一智，是吾智，无一味，无不异。

　　色不变，转难辩，更无一物于中现。

　　莫将一物制伏他，体合真空非锻炼。

　　茫茫天下虚寻觅，未肯回头自相识。

　　信师行到无为乡，始觉从来枉施力。

【注】

　　①题下原无"二首"两字，为编者所加。见《全唐诗补编·续拾》卷三十一。

悟道偈[①]　良　价

向来物物上求通，只为从前不识宗。

如今见了浑无事，方知万法本来空。

【注】

　　①偈见《全唐诗补编·续拾》卷三十一。

偈[①]　良　价

世间尘事乱如毛，不向空门何处消。

若待境缘除荡尽，古人那得喻芭蕉。

【注】

　　①偈见《全唐诗补编·续拾》卷三十一。

五位君臣颂[①]　良　价

正中偏，三更初夜月明前。

莫怪相逢不相识，隐隐犹怀旧日嫌。

偏中正，失晓老婆逢古镜。

分明觌面别无真，休更迷头犹认影。

正中来，无中有路隔尘埃。

但能不触当今讳，也胜前朝断舌才。

兼中至，两刃交锋不须避。

好手犹如火里莲，宛然自有冲天志。

兼中到，不落有无谁敢和。

人人尽欲出常流，折合还归炭里坐。

【注】

①颂见《全唐诗补编·续拾》卷三十一。

呈云岩偈① 良 价

也大奇，也大奇，无情解说不思议。

若将耳听声不现，眼处闻声始可知。

【注】

①偈见《全唐诗补编·续拾》卷三十一。

答仰山颂① 良 价

诗咏人间事，空门何不删？探珠宜静浪，动水取应难。

名利心须剪，非朋不用攀。舍邪归正道，何虑不闲闲。

【注】

①颂见《全唐诗补编·续拾》卷三十一。

颂① 良 价

道无心合人，人无心合道。欲知此中意，一老一不老。

【注】

①颂见《全唐诗补编·续拾》卷三十一。

下　编

"唐诗"前后的珍珠

　　本书名所涵内容上编和中编已基本完成。但任何一种重大历史文化活动,总有源可寻,也总有余脉流韵,所谓来有因、去有踪也。为了约会先贤,启迪来者,特上溯下延,精选纂辑唐诗产生前后时期关于诸暨的若干诗文,所选或以文名,或以人显,期冀对"浙东唐诗之路"研究作进一步深入,以下编形式出现。如此,便纵向绵延,横向拓宽,文人学士们加持的"珍珠项链"悄然形成,文化长河川流不息,历史维度已然呈现,以供读者诸君参阅浏览。

先　秦

西施之沉　墨　翟[1]

是故比干之殪，其抗也；孟贲之杀，其勇也；西施之沉，其美也；吴起之裂，其事也。

【注】

①墨翟（前468—前376）：先秦墨家学派创始人。有《墨子》。此段节选自《墨子·亲士》。

西子蒙不洁　孟　轲[1]

孟子曰："西子蒙不洁，则人皆掩鼻而过之。"

【注】

①孟轲（约前372—前289）：战国时期儒家代表人物。著《孟子》七篇。此段节选自《孟子·离娄下》。

西施颦眉 庄 周[1]

故西施病心而颦其里，其里之丑人见而美之，归亦捧心而颦其里。其里之富人见之，坚闭门而不出；贫人见之，挈妻子而去之走。

【注】

[1]庄周（约前369—前286）：战国道家代表人物。著《庄子》。此段节选自《庄子·天运》。

鱼见西施而深入[1] 庄 周

毛嫱、西施，人之所美也，鱼见之深入，鸟见之高飞，麋鹿见之决骤。四者孰知天下之正色哉？

【注】

[1]此段节选自《庄子·齐物论》。

西施之美容 屈 原[1]

虽有西施之美容兮，谗妒入以自代。

【注】

[1]屈原（约前340—前278）：名平，字原。战国时楚国贵族。有《楚辞》，代表作《离骚》。此段节选自《楚辞·九章·惜往日》。

西施掩面　宋　玉①

其象无双，其美无极。毛嫱鄣袂，不足程式；西施掩面，比之无色。

【注】

①宋玉（约前298—前222）：字子渊，宋国公族后裔。后如楚国事楚顷襄王。以辞赋名世。此段节选自宋玉《神女赋》。

善西施之美　韩　非①

善毛嫱、西施之美，无益吾面；用脂泽粉黛，则倍其初。

【注】

①韩非（约前280—前233）：战国法家学派代表人物。有《韩非子》。此段节选自《韩非子·显学》。

两汉三国

美女非独西施　陆　贾[1]

故良马非独骐骥，利剑非惟干将，美女非独西施，忠臣非独吕望。

【注】

①陆贾（约前240—前170）：汉初楚国人。著有《新语》等。此段节选自《新语·术事》。

西施之美蒙不洁　贾　谊[1]

夫以西施之美而蒙不洁，则过之者莫不睨而掩鼻。

【注】

①贾谊（前200—前168）：洛阳人。曾任长沙王太傅、梁怀王太傅。著《新书》等。此段节选自《新书·劝学》。

画西施之面　刘　安①

画西施之面，美而不可说；规孟贲之目，大而不可畏。君形者亡焉。

【注】

①刘安（前179—前122）：沛郡丰县（今属江苏徐州）人。汉高祖刘邦之孙，淮南厉王刘长之子。文帝十六年（前164）封淮南王。招宾客方术之士纂成《淮南子》。此段节选自《淮南子·说山训》。

西施衣褐美天下　刘　向①

臣闻之贲、诸怀锥刃而天下为勇，西施衣褐而天下称美。

【注】

①刘向（约前77—前6）：字子政，沛郡丰邑人。汉楚元王刘交玄孙，阳城侯刘德之子，其子即经学家刘歆。有《别录》《战国策》等。此段节选自《战国策》卷十六。

文种献伐吴九术　袁　康　吴　平①

昔者，越王勾践问大夫种曰："吾欲伐吴，奈何能有功乎？"大夫种对曰："伐吴有九术。"王曰："何谓九术？"对曰："一曰尊天地，事鬼神；二曰重财币，以遗其君；三曰贵籴粟槁，以空其邦；四曰遗之好美，以为劳其志；五曰遗之巧匠，使起宫室高台，尽其财，疲其力；六曰遗其谀臣，使之易伐；七曰强其谏臣，使之自杀；八曰邦家富而备器；九曰坚厉甲兵，以承其弊。故曰九者勿患，戒口勿传，以取天下不难，况于吴乎？"越王曰："善。"

越乃饰美女西施、郑旦，使大夫种献之于吴王，曰："昔者，越王勾践窃有天之遗西施、郑旦，越邦涝下贫穷，不敢当，使下臣种再拜献之大王。"吴王大悦。申胥谏曰："不可，王勿受。臣闻五色令人目不明，五音令人耳不聪。桀易汤而灭，纣易周文而亡。大王受之，后必有殃。胥闻越王勾践昼书不倦，晦诵竟旦，聚死臣数万，是人不死，必得其愿。胥闻越王勾践服诚行仁，听谏，进贤士，是人不死，必得其名。胥闻越王勾践冬披毛裘，夏披绨绤，是人不死，必为利害。胥闻贤士，邦之宝也；美女，邦之咎也。夏亡于妹喜，殷亡于妲己，周亡于褒姒。"吴王不听，遂受其女，以申胥为不忠而杀之。

越乃兴师伐吴，大败之于秦余杭山。灭吴，禽夫差，而戮太宰嚭与其妻、子。

【注】

①袁康：会稽人。约东汉初建武中在世。吴平：字君高。会稽上虞人。合著《越绝书》十五卷。节选自《越绝书·越绝内经九术第十四》。

越国献西施、郑旦于吴　赵　晔①

十二年，越王谓大夫种曰："孤闻吴王淫而好色，惑乱沉湎，不领政事，因此而谋，可乎？"种曰："可破。夫吴王淫而好色，宰嚭佞以曳心，往献美女，其必受之。惟王选择美女二人而进之。"越王曰："善。"乃使相者国中，得苎萝山鬻薪之女，曰西施、郑旦。（《会稽志》："苎萝山在诸暨县南五里。"《舆地志》："诸暨县苎萝山西施、郑旦所居。"《十道志》："勾践索美女以献吴王，得之诸暨苎萝山卖薪女也西施。山下有浣纱石。"）饰以罗縠，教以容步，习于土城，（越

《旧经》："土城在会稽县东六里。"）临于都巷，三年学服而献于吴。乃使相国范蠡进曰："越王勾践窃有二遗女，越国洿下困迫，不敢稽留，谨使臣蠡献之大王，不以鄙陋寝容，愿纳以供箕帚之用。"吴王大悦，曰："越贡二女，乃勾践之尽忠于吴之证也。"子胥谏曰："不可，王勿受也。臣闻五色令人目盲，五音令人耳聋。昔桀易汤而灭，纣易文王而亡。大王受之，后必有殃。臣闻越王朝书不倦，晦诵竟夜，且聚敢死之士数万，是人不死，必得其愿。越王服诚行仁，听谏进贤，是人不死，必成其名。越王夏被毛裘，冬御绤绤，是人不死，必为对隙。臣闻：贤士，国之宝；美女，国之咎。夏亡以妹喜，殷亡以妲己，周亡以褒姒。"吴王不听，遂受其女。

【注】

①赵晔：字长君。东汉会稽山阴人。生卒年不详。节选自赵晔《吴越春秋·勾践阴谋外传》，宋徐天祐注本。

吴王受越女　诸葛亮①

秦穆公伐郑，二子知其害；吴王受越女，子胥知其败；虞受晋璧马，宫之奇知其害；宋襄公练兵，车目夷知其负。凡此之智，思虑之至，可谓明矣。

【注】

①诸葛亮（181—234）：字孔明，号卧龙。徐州琅琊人。节选自诸葛亮《便宜十六策·思虑第十五》。

魏晋隋唐

（此处内容略，相关诗文参见上编）

北宋南宋

勾践得罗山西施、郑旦　　李　昉①

勾践索美女以献吴王，得诸暨罗山卖薪女西施、郑旦。

【注】

①李昉（925—996）：字明远。进士。主纂《太平御览》一千卷。此段节选自《太平御览》卷四十七。

诸暨苎萝山、浣纱石　　乐　史①

诸暨苎萝山，山下有石迹水，是西施浣纱之所，浣纱石犹在。

【注】

①乐史（930—1007）：字子正，宜黄人。进士。纂《太平寰宇记》二百卷。此段节选自《太平寰宇记》卷九十六。

诸暨巫里、西施家、东施家[1]　乐　史

诸暨巫里，勾践得西施之所，今有西施家、东施家。

【注】

[1]节选自乐史《太平寰宇记》卷九十六。

题苎萝村　杜　衍[1]

曲曲溪流隐隐村，美人微步合朝暾。

吴宫花草埋虽久，越水琚璜响尚存。

两字忠贞昭白石，千年幽恨扫黄昏。

应怜当日须眉者，亦自嫌推巾帼尊。

【注】

[1]杜衍（978—1057）：字世昌。越州山阴人。大中祥符元年（1008）登进士第。位至同平章事，谥号"正献"。诗见明代诸暨知县张夬《苎萝西子志》卷三。

诸暨道中作　范仲淹[1]

林下提壶招客醉，溪边杜宇劝人归。

可怜白酒青山在，不醉不归多少非。

【注】

[1]范仲淹（989—1052）：字希文。大中祥符八年（1015）进士及第。曾知越州，到诸暨谒范蠡庙。诗见《范文正公文集》卷第四。

题翠峰院①　范仲淹

翠峰高与白云闲，吾祖曾居水石间。

千载家风应未坠，子孙还解爱青山。

【注】

①诗见《范文正公文集》卷第四。

游五泄山　刁　约①

西源穷尽到东源，直注层崖五磴泉。

真境无繇追汗漫，胜游聊得弄潺湲。

风生虎啸层岩底，月上猿啼古木颠。

只待归休林下去，来同灵默此安禅。

【注】

①刁约（994—1077）：字景纯。润州人。宋天圣八年（1030）进士。曾任两浙转运使。诗见孔延之《会稽掇英总集》卷四。

西　施　王安石①

谋臣本自系安危，贱妾何能作祸基。

但愿君王诛宰嚭，不愁宫里有西施。

【注】

①王安石（1021—1086）：字介甫，号半山。临川人。宋庆历二年（1042）进士。诗见王安石《临川集》卷三十四。一题作《宰嚭》。

诸暨望县 王 存[①]

望，诸暨。有诸暨山、苎萝山、浣江、暨浦。

【注】

①王存（1023—1101）：字正仲。丹阳人。庆历六年（1046）进士。主纂《元丰九域志》十卷。此段节选自《元丰九域志》卷五。

饮湖上初晴后雨 苏 轼[①]

水光潋滟晴方好，山色空蒙雨亦奇。

欲把西湖比西子，淡妆浓抹总相宜。

【注】

①苏轼（1037—1101）：字子瞻，号"东坡居士"。眉山人。嘉祐二年（1057）进士。诗见《苏轼集》卷四。

陶朱公庙碑记 吴处厚[①]

穷之与达系乎命，用之与舍系乎时，得之与丧在乎天，去之与就在乎我。四者，古君子出处之大节，而公皆得而兼之，不亦智矣乎!公之事业，最详于《国语》《史记》与《吴越春秋》。当是之时，越与吴相持几三十年，吴常胜，越常败。吴譬则虎，越譬则鼠；吴譬则狼，越譬则羊。勾践之命在于夫差掌握中数矣。公力与皋如、计倪、诸稽郢、大夫种诸臣，间关险阻，未尝少变其节。乃说勾践，卑辞重币，顿颡屈膝，籍其管库，质其妻子，为吴奴虏。及囚石室，又说饮溲尝恶，以媚夫差。而夫差不悟，乃伐齐而赦越，复贪与诸侯会于黄池。

及越焚姑苏，入其郛，犹与晋公午争长，不以为恤。既而民疲岁饥，祸稔数极，公卒与越之君臣，因其困，乘其弊，一举而灭之。故曰："持盈者与天，定倾者与人，节事者与地，此之谓乎！"

君王之耻既雪，霸国之业已成，在于他人，则邑万户，禄万钟，为师尚父，宠之终身，固其宜也。公独不然，以为功名不可以多得，富贵不可以长保。瞥然轻舟，飘然五湖。投绅笏如柴栅，弃妻孥如敝屣。冥冥而飞，汩汩而逝。网不能絓，缴不能弋；乌喙虽长而不能啄，属镂虽利而不能割。存耶亡耶？死风波耶？葬鱼鳖耶？泛溟渤，登蓬莱，遂羽而仙耶？俱不可得而知也。徒使越人爱之不忘，念之不足，铸金而礼其像，环地而封其域。与夫贪权冒宠，市祸贾患，而遂脂鼎镬，血刀锯，为鱼为肉，为菹为醢者，岂同年而语哉？

余尝按之《图经》，得公之庙于诸暨陶朱山下。俗说公本诸暨人，今净观院即其故宅也。乡曰"陶朱之乡"，岩曰"范蠡之岩"，井曰"鸱夷之井"，皆以公而得名也。年祀复阔，不可得详。庙宇庳窄，芜坏不治，属岁荐饥，民又乏飧。余尝至其下，徘徊观览，恻然于怀者数四。盖碑者悲也，君子所以述往事、悲来今者也。因书以为吊焉。其辞曰：

越山叠叠兮，越水环环。公有庙貌兮，山水之间。屋三其架兮，门镝户关。庭墁不治兮，鞠草哀营。豚蹄乏飧兮，岁歉民悭。香火阒冷兮，巫休祀门。颓廊哽雨兮，古木号寒。饿鼠昼啸兮，饥鸦暝还。功磨日月兮，名揭丘山。遗像可揖兮，高风莫攀。我来怆古兮，愤涕一潸。秋色著树兮，霜叶初殷。青史传信兮，灼不可删。千古万古兮，云痴石顽。

【注】

①吴处厚：字伯固。邵武人。北宋皇祐五年（1053）进士。曾任诸暨县主簿。见孔延之《会稽掇英总集》卷十七。

望海潮·越州怀古　秦　观①

秦峰苍翠，耶溪潇洒，千岩万壑争流。鸳瓦雉城，谯门画戟，蓬莱燕阁三休。天际识归舟。泛五湖烟月，西子同游。茂草荒台，苎罗村冷起闲愁。　何人览古凝眸。怅朱颜易失，翠被难留。梅市旧书，兰亭古墨，依稀风韵生秋。狂客鉴湖头。有百年台沼，终日夷犹。最好金龟换酒，相与醉沧洲。

【注】

①秦观（1049—1100）：字少游，号淮海居士。高邮人。元丰八年（1805）进士。有《淮海词》。

送陈协①　岳　飞

钦君骑鹤上金华，北望云山是故家。
兵革历身心不改，一腔热血溅黄沙。

【注】

①陈协：号世勇。进士。河南祥符（今开封）人，随宋室南渡来浙。历仕提调浙东茶盐公事、荆南湖北襄阳路制置使等职。见国是日非，隐居诸暨白鹤山，为诸暨店口陈氏始祖。与岳飞（1103—1142）结为儿女亲家。岳飞曾到诸暨探望陈协。诸暨有"岳驻"、岳驻岭、牛皋等地名。诗见《国朝三修诸暨县志》卷二十七。

过干溪桥　陆　游①

剑外归来席未温，南征浩荡信乾坤。

峰回内史曾游地，竹暗仙人旧隐村。

白发孤翁锄麦垄，茜裙小妇闯篱门。

行行莫动乡关念，身似流槎岂有根。

【注】

①陆游（1125—1210）：字务观，号放翁。山阴人。诗见陆游《剑南诗稿》卷十。

赠枫桥化城院老僧①　　陆　游

老宿禅房里，深居罢送迎。炉红豆萁火，糁白芋魁羹。

毳衲年年补，纱灯夜夜明。门前霜半寸，笑我事晨征。

【注】

①诗见《剑南诗稿》卷十。

双桥道中寒甚①　　陆　游

裂面霜风快似镰，重重裘裤晚仍添。

梅当官道香撩客，山逼篮舆翠入帘。

男子坐为衣食役，年光常向道途淹。

古来共说还家乐，岂独全躯畏楚钳。

【注】

①诗见《剑南诗稿》卷十。

行牌头奴寨之间皆建炎末避贼所经也① 陆　游

今朝霜薄风气和，霁色满野行人多。

沙平水浅木叶下，摇楫渡口生微波。

建炎避兵奔窜地，谁料白首重经过。

四十余年万事改，惟有青嶂高嵯峨。

安得西国葡萄酒，满酌南海鹦鹉螺。

侑以吴松长丝之玉鲙，送以邯郸皓齿之清歌。

向来丧乱汝所记，大地凛凛忧干戈。

偶然不死到老大，为底苦惜朱颜酡?

【注】

①诗见《剑南诗稿》卷十。

登鹅鼻山至绝顶，访秦刻石，且北望大海，
山路危甚，人迹所罕至也① 陆　游

街头旋买双芒屦，作意登山殊不恶。

苍崖无罅竹鞭逸，崩石欲坠松根络。

凭高开豁快送目，历险崎岖危着脚。

川云忽起两蛟舞，瀑水高吹万珠落。

大岩空腔谁所刳，绝壁峭立端疑削。

坡平或可坐百人，峡束仅容飞一鹤。

蛇蹊岌岌头自眩，鬼谷惨惨神先愕。

秦皇马迹散莓苔，如镌非镌凿非凿。

残碑不禁野火燎，造物似报焚书虐。

人民城郭俱已非，烟海浮天独如昨。

【注】

①诗见陆游《剑南诗稿》卷二十二。

自金华入越过诸暨 吕祖谦①

淳熙元年八月二十八日，自金华与潘叔度为会稽之游……

三十日……过义乌、东阳、浦江、永康四县巡检寨，婺、越界焉。五里，邵家湾。观五指山，其巅石如骈拇，然近视不若远望。饭民家，舍后水竹可步，逢驱羊行贾者数百蹄，散漫川谷，风毛沙肋，顿有汧陇秋色。五里，涉枫江，土俗谚云："第一扬子江，第二钱塘江，第三枫江。"盖甚言其水波恶，实小溪耳。闻春夏颇湍悍，今仅至胫而已。南岸有覆斗山，山形正方若斗覆。五里，兴乐。槿花夹道，室庐篱落皆整。五里，界牌陇。平坡浅草，隐隐起伏，环山城立，真监牧地也。五里，牌头。市道分为两：北道出渔浦，度浙江入杭；东道入越，轮蹄担负，东视北不能十一。市傍斗子岩，岩旁狮子山首昂背偃，略类狻猊。五里，寒热阪。五里，宿砚石村。凡行六十五里，屡惕逆旅，墙壁横斜，多市侩榜帖，大要皆尤人语，斯其所以为市道与？悚然久之。

九月一日，晨雾上横陇，东嶂出日，金晕吞吐。少焉，全璧径升，晃耀不可正视。升数尺，韬于云，绚采光丽，因蔽益奇，非浮翳所能掩。露稻风叶皆鲜鲜有生意。五里，里湖。五里，蔡家坞。五里，桐木岭。五里，诸暨县。入县北门，人烟犹萧疏。县方筑社，南垣两松，樛枝小异。里许，至市。自县治前东折，度下桥，桥屋半圮矣。并大溪行，流甚壮，其源一自东阳，一自浦江，一自孝义，至街亭合流，径县城，又径萧山浮桥入浙江。县东陶朱山颇雄，自入新界已岿然见之。出县东门，山益远，川原益旷，田莱多荒，盖沮洳不宜稼而然。五里，放生桥。道左女贞新叶生，黄绿间错，如行闽粤荔枝林。五里，马秀才店。店旁小室随事莳花草，马久罢举矣。三里，双桥畈。二里，乌石，其南入剡百里而近。十五里，苦李桥，溪碛颇清浅，木阴扶疏。百余步入山径，五里至新店湾，复得平地。五里，栗桥，登栗岭。五里，冷水，望东岭神祠缥缈云间，下坂稻穟垂黄，际山数十里平铺如拭，洋洋乎富哉！丰年之象，道中所未见也。五里，宿枫桥镇。前岁析诸暨之十乡镇为义安县，今年五月废。凡行七十里。薄暮小雨。

二日，辨色发枫桥，阴风薄寒。十里，干溪溪桥，榉柳数百株，有十围者。过桥，绕山足行十里，古博岭。岭左右皆丛筱……

【注】

①吕祖谦（1137—1181）：字伯恭，世称"东莱先生"。婺州（今浙江金华）人。隆兴元年（1163）登进士第。有《东莱集》。此段节选自《入越录》。题为编者所加。

东白山遇雪看山　　释仲皎①

结屋山深处，山山带雪攒。四围银世界，一色玉峰峦。
夜气知天冷，清晖映月寒。溪梅初一放，着意为渠看。

【注】

①释仲皎：字如晦。宋僧，生卒不详。诗见《国朝三修诸暨县志》卷六。

诸暨西施坊、范蠡坊　　施　宿①

诸暨县二十坊……西施（坊）以西子所游处名、范蠡（坊）以近范蠡坛名……浣溪（坊）、彩织（坊）。凡此诸县坊曲所以得名，不能尽举，若诸暨之西施（坊）、范邻（坊），萧山之招贤（坊）、清风（坊），新昌之康乐（坊），盖古迹尤著云。

【注】

①施宿（1164—1222）：字武子。长兴人。宋绍熙四年（1193）进士。此段节选自施宿《嘉泰会稽志》卷四。

浣江、浣浦、浣渚① 施 宿

浣江在诸暨县东南一里，俗传西子浣纱之所。一名浣浦，又名浣渚。元微之诗云："浣浦逢新艳，兰亭诧旧题。"

【注】

①节选自施宿《嘉泰会稽志》卷十。

诸暨苎麻尤精① 施 宿

苎之精者本出苎萝山（属诸暨），下有西子浣纱石。盖俗所谓苎沙者于此浣之。以故越苎最为得名。夏侯开国《吴都赋》曰：织缔细越，青笺白纻……而乐府因是有《白纻歌词》。今外诸邑，独暨阳（诸暨别名）尤能以苎为布。虽不逮旧，盖苎萝遗俗云。

【注】

①节选自施宿《嘉泰会稽志》卷十七。

诸暨巫里① 施 宿

诸暨县巫里，《越绝》云："勾践徙群巫出于一里。"《旧经》云：

"在诸暨县，勾践得西施处。"

【注】

①节选自施宿《嘉泰会稽志》卷十八。

诸暨三如　王十朋①

越州《图经》："诸暨出三如，谓如锦之桑，如拳之栗，如丝之苎。"

【注】

①王十朋（1112—1171）：浙江温州乐清人，绍兴二十七年（1157）状元，绍兴间曾任职绍兴府。节选自王十朋《会稽三赋》卷二。

元明清

诸暨休日偶书　黄　溍[①]

一室萧然似冷宫，更无车马驻江干。

天清不断丝丝雨，春浅犹生阵阵寒。

公事痴儿何日了，云山图画要人看。

轻风正满微黄柳，谁与相从试凭栏。

【注】

　　①黄溍（1277—1357）：字晋卿。婺州义乌人。延祐二年（1315）进士。延祐七年任诸暨州判官。谥号"文献"。诗见《黄文献公集》卷二。

吾州苎萝美人　杨维桢[①]

　　吾州诸暨有东、西施家，西家之秀钟于苎萝美人，而东家无闻焉。

【注】

　　①杨维桢（1296—1370）：字廉夫，号"铁崖""铁笛道人""东维子"等，诸暨人。节选自《修齐堂记》，见《东维子集》卷十四。

范蠡宅 吴　莱[①]

淡淡寒云鹳影边，荒山故宅忽千年。

大夫已赐平吴剑，西子还随去越船。

白日撑空留罔象，青松落井化蜿蜒。

徒怜此地无章甫，只解区区学计然。

【注】

①吴莱（1297—1340）：字立夫。浦江人。曾讲学诸暨多年，以致宋濂等从学诸暨。诗见吴莱《渊颖集》卷十。

归　家 王　冕[①]

我母本强健，今年说眼昏。顾怜为客子，尤喜读书孙。

事业新灯火，桑麻旧里村。太平风俗美，不用闭柴门。

【注】

①王冕（1310—1359）：字元章，号"竹斋"。诸暨人。诗见《竹斋集》卷二。

村　居[①] 王　冕

避世忘时势，茅庐傍小溪。灌畦晴抱瓮，接树湿封泥。

乳鹿依花卧，幽禽过竹啼。新诗随处得，不用别求题。

【注】

①诗见《竹斋集》卷二。

兵后过诸暨　　贡性之①

千里江山百战余，年来寸土入皇图。

人行共指西施宅，身退谁归范蠡湖。

茅屋渐成新里社，居民元是旧流逋。

绝怜父老今无几，欲问当时不受呼。

【注】

①贡性之：字友初、有初，元末明初时人。贡师泰之族子。避居山阴，躬耕自给以终其身。有《南湖集》。诗见《南湖集》卷上。

重过诸暨观新涨①　　贡性之

孤城寂寞枕江流，城上高楼起暮愁。

帆影直过天侧畔，涨痕浑没树梢头。

鱼龙变化应难测，桑海更迁莫漫忧。

世事天时捻如此，寄身我亦一浮沤。

【注】

①诗见《南湖集》卷上。

送杨廉夫还吴浙　　宋　濂①

皓仙八十起商山，喜动天颜咫尺间。

一代辽金归宋史，百年礼乐上春官。

归心只忆鲈鱼鲙，野性宁随鸳鹭班。

不受君王五色诏，白衣宣至白衣还。

【注】

①宋濂（1310—1381）：字景濂，号潜溪。祖籍金华义乌，后迁居金华浦江。曾从学吴莱、黄溍于诸暨。诗见《乾隆诸暨县志》卷三十七。

天生两奇绝① 朱元璋

天生两奇绝，越地多群山。万古垂青史，西施世美颜。
窈窕精神缓，悠然体态闲。笑拥丹唇脸，皓齿出其间。
一召起闾里，勾践扼雄关。伐谋应得志，西浙径亲攀。
铁甲乘潮渡，黄池兵未还。

【注】

①朱元璋（1328—1398）此诗，见明代诸暨知县张夬《苎萝西子志》卷一。题为编者拟。

越人幸见求 唐之淳①

岩岩溪上山，溪水清见石。草木耀人目，花叶有五色。
中有浣纱人，窈窕世鲜匹。越人幸见求，将我至吴国。

【注】

①唐之淳（1350—1401）：字愚士，山阴人。诗见《国朝三修诸暨县志》卷八。

次韵唐之淳诗 戴 冠①

溪上西子祠，溪边浣纱石。山灵欲亡吴，生此佳冶色。

地非涂莘里，人岂褒妲匹？誓雪吾君耻，甘心事仇国。

【注】

①戴冠（1442—1512）：字章甫。江苏长洲人。曾任绍兴府学训导。诗见《国朝三修诸暨县志》卷八。

过诸暨　汤显祖①

苎萝山下雨淋漓，解带山桥过午炊。

几箸江虾成独笑，一文钱里见西施。

【注】

①汤显祖（1550—1616）：字义仍，号"海若""若士""清远道人"。江西临川人。选自徐朔方笺校《汤显祖集》卷十四。

西子叙　海　瑞①

《孟子》曰："西子蒙不洁，则人皆掩鼻而过之。"然则施之为洁也，亚圣已谅之矣。而南华老庄亦有"病心颦里"之说，奚病乎？病夫以忠君报国之大节，直缘闺阁掩焉不知者，且以为訾诟。噫!岂史家董狐耶？当年施氏具此一片刚肠，越得转祸为福，兴王定霸。迨世远年湮，无有搜奇阐幽之士，则香魂应不散矣。昔王轩夙负异才，行吟石畔，西施出而酬和，盖缘千载后之有知己也。可见古人无有不爱名者。《诸暨县志》欲斥夷光而不录，盍思人杰地灵，施何负于暨哉？予令淳安，适来代庖，不过五日京兆耳。案牍之暇，偶涉浣江，切念西子宠冠吴宫，一心为越，阴谋牢不可破，愧杀尸位臣工、朝齐暮楚者多矣。独在卤莽辈流，不窥文豹一斑，动说失身蒙耻，是亦不揣其本而齐末与！今特表而出之，使狐疑冰释。西子固不朽，暨与有荣施焉。

【注】

①海瑞（1514—1587）：字汝贤，号"刚峰"，海南琼山（今海口）人。嘉靖二十八年（1549）乡试中举，初任福建南平教谕，后升浙江淳安知县，曾署理诸暨知县。官至右佥都御史。卒赠太子太保，谥"忠介"。文见《国朝三修诸暨县志》卷五十五。

王元章墓　徐　渭[①]

君画梅花来换米，予今换米亦梅花。

安能唤起王居士，一笑花家与米家。

【注】

①徐渭（1521—1593）：字文长，号"青藤"。山阴人。诗见《乾隆诸暨县志》卷三十八。

与杨子完步浣纱溪梁，有怀西施之乡[①]　徐　渭

明月照江水，截梁与子步。当时如花人，曾此照铅素。

江流不改易，月亦无新故。薄云淡抄林，晴沙泛寒露。

借言伊人闺，应在烟生处。

【注】

①选自《乾隆诸暨县志》卷三十八。

瀑布泉　骆问礼[①]

分得庐山胜，银河落九天。迢迢穿鹫岭，脉脉吐龙涎。

戛玉清声越，惊虹素质鲜。徐凝才思薄，洗句喜多缘。

【注】

①骆问礼（1527—1608）：诸暨枫桥人。嘉靖四十四年（1565）进士。诗见《乾隆诸暨县志》卷三十八。

五　泄　袁宏道①

银河夜长天堤绽，空中现出琉璃变。
电布云奔一派垂，山都尽吼白龙战。
四壁阴阴吹雨足，画峦活舞玲珑玉。
天孙夜夜踏歌来，一曲飞珠二万斛。

【注】

①袁宏道（1568—1610）：字中郎，号"石公""六休"。万历二十年（1592）进士。游诸暨，诗文丰沛。诗见《乾隆诸暨县志》卷三十八。

西施行　王思任①

西施妾吴宫，三月予归宁。旌旗蔽百里，舆杠渡西陵。
勾践臣道左，夫人上梐巾。过唁东施姊，胡然老未行。
左手落凤钏，右手入黄金。东施笑不受，阿姊且自珍。
姊貌不如人，守女且得真。酌之以溪水，欢然道平生。
妹出谨楗户，但闻车绩声。

【注】

①王思任（1575—1646）：字季重，号"遂东"，晚年号"谑庵"。山阴人。万历二十三年（1595）进士。鲁王监国，以为礼部右侍郎，进尚书。隆武二年（1646），绍兴为清兵所破，绝食而死。诗见《乾隆诸暨县志》卷三十八。

诸暨道中　陈洪绶[①]

竹篱茅舍也遭兵，五十衰翁挥泪行。

我有竹篱茅舍在，可能免得此伤情。

【注】

①陈洪绶（1599—1652）：字章侯，号"老莲"。诸暨枫桥人。有《宝纶堂集》。诗见《宝纶堂集》卷九。

到五泄[①]　陈洪绶

五泄机缘到，今季始一看。奇从意外得，危以兴来安。

踊跃登高嶂，飞扬渡迅滩。夜归山雨急，相对有余欢。

【注】

①诗见陈洪绶《宝纶堂集》卷五。

忆故乡山居　余　缙[①]

琐窗幽雨落花泥，疏竹萧萧笋欲齐。

山鸟几声惊绣谷，水鸥数点动明溪。

江天鲈脍春方熟，野寺莺歌晚渐低。

自是归思闲不住，谁将雀舌寄封题。

【注】

①余缙（1617—1690）：诸暨高湖人，顺治九年（1652）进士。官至河南道监察御史。诗见余缙《大观堂文集》卷九。

诸暨城　顾祖禹[①]

吴越筑诸暨城，右倚长山，是也。又苎萝山，在县南五里，下临浣江，相传西施所居，一名罗山。

【注】

　　①顾祖禹（1631—1692）：字复初，一字景范。无锡人。纂《读史方舆纪要》一百三十卷。此段节选自《读史方舆纪要》卷九十二。

《诸暨诗存》序　俞　樾[①]

　　宋孔延之知越州，搜辑古来诗文之有关于会稽者八百余篇，为《会稽掇英总集》，亦云富矣。然但取其有关于会稽，而不必皆会稽人所作，是所以备掌故，而非以存其诗且能存其人也。诸暨为越州所属一大县。其地有五泄山，俗有"小雁荡"之名，宅幽而势阻，是多怀材藏颖之士。余考自明以来其最著者，莫如王元章。《明史·文苑》有传，史固称其为诸暨人也。《艺文志》载有王冕《竹斋诗集》三卷，而至今殊鲜传本。然则诸家之诗，其散佚而不可考者，固已多矣。嗟乎！此郦君黄芝所以有《诸暨诗存》之辑也。其书自唐宋以至国朝，得如干人，凡诗如干首，而词亦附焉。余取而览之，如宋之姚令威，明之骆缵亭，固世所共知者。其余姓名，则所识者不及十之六七。余固谫陋，然其名迹之晦，亦可见矣。苟非郦君编辑是集，存其诗以存其人，不皆湮灭而无传哉？以此推之，则知灸朽蟫断之中，其不可得而采获者，当不止此矣。幸而得入此编者，不可不流布于世，以永其传也。郦君之子方之茂才，克承先志，稍稍补益，录为十卷，而问序于余。余因劝方之集资以刻之。异时名公巨卿，有为掇英集者，必有取乎此，毋使千载下过苎萝村者，徒流连于浣纱之艳迹也。

【注】

①俞樾（1821—1907）：字荫甫，自号"曲园居士"。浙江德清人。道光三十年（1850）进士，曾任翰林院编修。选自《国朝三修诸暨县志》卷五十五。

附　篇

浙东唐诗之路（诸暨线）大事记

（1）1991年5月，新昌旅游公司竺岳兵先生经过多年潜心研究，正式提出"浙东唐诗之路"概念。

（2）1993年8月，中国唐代文学会正式认定"浙东唐诗之路"之名。"浙东唐诗之路"框定的地理范围是："浦阳江流域以东，括苍山脉以北至东海这一地区。"诸暨全境在这一范围，是"浙东唐诗之路"的重要组成部分。"浙东唐诗之路"提法逐渐为新昌和绍兴地方政府接纳，从民间到官方展开宣传普及和有计划打造。

（3）1995年，绍兴师专教授邹志方先生的《浙东唐诗之路》由浙江古籍出版社出版。

（4）2018年，浙江省官方首次提出"积极打造浙东唐诗之路"。

（5）2019年10月，浙江省人民政府正式发文，公布了"浙东唐诗之路"等四条诗路的规划，从局部上升到省级官方规划，省里组织安排了有形和无形的巨大投入。然这一版的"浙东唐诗之路规划"，竟将原本在"浙东唐诗之路"范围内的诸暨漏列了。

（6）2020年6月23日，诸暨官方微信公众号"诸暨西施号"以加编者按的方式发表了陈侃章《唐诗云集的诸暨，竟成了"浙江孤雁"》长文（是浙东唐诗之路诸暨线系列文章的第一篇），重点论述诸暨作为"浙东唐诗之路"的重要节点为何被漏列，以及规划补救建议。此文引起巨大的社会反响，一时应者云集。"浙东唐诗之路规划"漏列诸暨是上网浏览时偶然发现，从而触发了这篇质疑文章。

（7）2020年6月29日，陈泉永的微信公众号"人仙山民"刊发陈侃章的系列文章之二《诸暨，"浙东唐诗之路"重要组成部分》，重点披露诸多专家教授全力支持将诸暨补入"浙东唐诗之路规划"。

（8）2020年7月，陈侃章、余文军凭着多年的积累，联手启动《诸暨唐诗三百诗》的编纂工作，为诸暨进入"浙东唐诗之路规划"提供文献资料支撑。

（9）2020年8月5日，浙江省政府参事室参事杨建新、方泉尧向省政府书面提案：从历史和现实上考虑，应将诸暨纳入"浙东唐诗之路文化带规划"。

（10）2020年8月6日，诸暨市人民政府专题报告省人民政府，要求将诸暨补列入"浙东唐诗之路规划"。

（11）2020年8月，时任浙江省长（旋为省委书记）袁家军、副省长成岳冲先后批示"省发改委"，应重视诸暨政府和民间的呼声。

（12）2020年8月17日，浙江省发展和改革委员会浙发社会函（2020）192号公文（主送浙江省人民政府办公厅，抄送浙江省财政厅、诸暨市人民政府）明确：诸暨市是"浙东唐诗之路"建设规划范围，其中诸暨香榧、西施故里是重要节点。同时要求诸暨市积极申报"浙东唐诗之路"其他文化节点。

（13）2020年9月12日，旅绍诸暨籍学者黄锡云（时任绍兴市文联副主席），在诸暨"人文大讲堂"开讲《简论诸暨在浙东唐诗之路上的地位及发展对策思考》，呼吁诸暨要重视"浙东唐诗之路规划"补救工作。

（14）2020年9月19日，微信公众号"人仙山民""诸暨西施号"刊发陈侃章系列文章之三《浙江省官方明确：诸暨纳入"浙东唐诗之路"规划》。

（15）2020年9月23日，微信公众号"诸暨西施号"和"人仙山民"刊发陈侃章系列文章之四《重磅，浙东唐诗之路力作——〈诸暨唐诗三百首〉即将出炉》。

（16）2020年9月26日，《今日头条·责任浙江》转发陈侃章系列文章之四《重磅，浙东唐诗之路力作——〈诸暨唐诗三百首〉即将出炉》。

（17）2020年10月12日，浙江省人民政府在天台召开"浙江省诗路文化带建设暨浙东唐诗之路启动大会"。省委书记袁家军指出："高水平建设诗路文化带是全面展示浙江山水、推进美丽浙江和文化浙江建设的内在要求。"省长郑栅洁到会作《率先启动浙东唐诗之路建设，高标准打造诗路文化带》报告，指出："浙东唐诗之路是诗路文化带的领头羊，具有十分重要的历史积淀和文化底蕴。"包括诸暨市在内的相关地市负责人出席会议。

（18）2020年10月19日，浙江省作家协会响应省政府宣传浙东唐诗之路的号召，发出"浙东唐诗之路"主题征文公告，随文发布的省级规划图文显示已将诸暨纳入"浙东唐诗之路"。

（19）2020年11月22日，《钱江晚报》用一个整版发表陈侃章系列文章之五《唐诗之路话诸暨》。这是浙江省级官方媒体第一次正式提出诸暨是"浙东唐诗之路"重要成员，众多媒体竞相转载。

（20）2020年11月25日，《诸暨日报》发表陈侃章系列文章之五

《唐诗之路话诸暨》。这是诸暨官方媒体第一次正式发文表示：诸暨是"浙东唐诗之路"重要成员。

（21）2020年12月5日，《北京晚报》发表陈侃章系列文章之六《诗仙李白与美女西施》，将李白在浙东越州和诸暨的行迹及所写6首西施诗作以系年、系地的方式列出。这是北京官媒第一次正式提及诸暨是"浙东唐诗之路"重要成员，众多媒体转载此文。

（22）2020年12月27日，《钱江晚报》发表陈侃章系列文章之七《"浙东唐诗"品王维》，将王维有关浙东诸暨的诗作系年列出。

（23）2020年12月27日，由浙江省委宣传部、浙江省发展和改革委员会、浙江省文化和旅游厅、浙江省文学艺术界联合会为指导单位，由浙江省文史研究馆、中国美术学院共同主办的"让文化活起来，青山行不尽——唐诗之路艺术展"在浙江展览馆亮相。以"文"与"图"的展览方式，对"浙东唐诗之路"的范围作了描述。诸暨在文图上已进入展览内容，文字如此描述："'浙东唐诗之路'自钱塘江畔的西陵渡始，沿浙东运河，至绍兴，经曹娥江，南溯剡溪，过嵊州，到新昌，南行至天姥山，最终到达天台山；其支脉向东经四明山延伸至宁波以至海上，西南向诸暨、金华。"本次展览至2021年2月26日结束。

（24）2020年12月，陈侃章、余文军合作编著的《诸暨唐诗三百首》第二轮稿件修改完成。由于书稿内容扩充，将书稿易名为《唐诗之路话诸暨——诸暨唐诗三百首》，此书稿收录唐诗311首。

（25）2021年2月15日，《北京晚报》发表陈侃章系列文章之八《卢纶"予心君冀言"》，写到卢纶赴诸暨，与姨表弟诸暨县尉裴均倾诉政治风云变幻。裴均后来出将入相十多年。

（26）2021年3月14日，《钱江晚报》客户端发表陈侃章系列文章之九《诗坛盟主，诸暨县尉》，首次将曾任诸暨县尉的浙东诗坛盟主严维在诸暨和越州的行迹写出。

（27）2021年3月22日，《北京晚报》发表陈侃章系列文章之十《王羲之〈诸暨帖〉曲笔重重》，首次披露王羲之《诸暨帖》内容和在诸暨的行迹，以及东晋人士对浙东唐诗形成的影响。3月24日，《绍兴日报》也转发此文。

（28）2021年4月1日，《钱江晚报》发表陈侃章系列文章之十一《骆宾王与〈早发诸暨〉》，阐释了此诗与诸暨的关系及写作时间。

（29）2021年4月26日，《北京晚报》发表陈侃章系列文章之十二《"元白"竞相秀杭越》，讲述了唐朝时杭州、越州的地位，白居易、元稹两位诗人互夸杭越风光、山水人文及诸暨历史典故，这些意境深远的诗文是"浙东唐诗之路"上的绚丽篇章。

（30）2021年5月15日，刚刚上任的绍兴市委常委、诸暨市委书记沈志江通过"浙江卫视"向国内外推介诸暨时重点强调："诸暨是越国古都、西施故里，是浙东唐诗之路的重要节点……还有李白、王维那些穿越千年的传世佳句。"这是诸暨最高官员首次公开表明诸暨是"浙东唐诗之路"重要成员。

（31）2021年5月，陈侃章、余文军编著的《唐诗之路话诸暨——诸暨唐诗三百首》定稿，交付浙江大学出版社正式出版。书稿由浙江大学中文系系主任、浙江大学求是特聘教授胡可先作序，由书法家和诗人骆恒光题写书名。

桃花源中红尘事（代后记）

人生之路不时被偶然裹挟，譬如写书，原想写的依然在胎中，没计划的还出了几本，这本《唐诗之路话诸暨——诸暨唐诗三百首》就是一个偶然，最后由不得自己，演变成必然要出的书，因而絮语其来龙去脉也就有点意思。

一

2020年5月间，我在网上漫无目的地浏览，发现"浙东唐诗之路"一词出现频率很高。绍兴、新昌、嵊州、天台等地新闻媒体也频频报道，浙江省的书法家为壮其阵，还专题下乡挥毫。也有个别好事者移花接木，煞费苦心，借"浙东唐诗之路"做西施文章。反观诸暨这个浙东巨邑，对"浙东唐诗之路"静若处子，波澜不惊。这又为何呢？

我早非桃花源中人，对这方面的信息灵通不灵通本亦无关，但依然童真的好奇心带引我去探索出现这些情况的原因。于是询问了书法家朋友，始知省里出了关于"浙东唐诗之路"的文件。省里文件按层级发到机关，非置身其间无从知晓内容。友人应询所发信息，也无法说清事情全貌。不过从发来的内容看，文件没有密级可言。好奇心于是又加深，何不上网搜寻这事呢？

真是不搜不知道，一搜都知道。浙江省关于"浙东唐诗之路"的文件在 2019 年 10 月份已经公开发布，而且同时公布了浙东唐诗之路、钱塘江诗路、大运河诗路、瓯江山水诗路共计"四条诗路"的规划。整个文件 40 多页文字，11 个附图，蔚为大观，对"四条诗路"有文有图细致规划。然诸暨除"钱塘江诗路"规划附件支流浦阳江有条浅浅蓝线以外，其他全无踪影。如此规模的规划，把浙东巨邑诸暨给晾了。

何至如此？也许具体操作者不太清楚"浙东"这个历史文化地理概念，不太清楚唐朝越州行政区域全属"浙东"，不太清楚诸暨是"浙东"枢纽的重要发散地，不太清楚诸暨是盛产唐诗的高地；或上下对接渠道脱节；或认知未能到位……总之，综合素养的欠足，视庞然大物为无形，说不清道不明的原因已导致这个"规划实体"客观存在。

对于这个宏大的规划，省里会有各种有形无形的巨大投入，将直接影响这个地方的经济、文化乃至行政地位，也将影响到这个地方的历史、现实和未来发展。至于这贯通古今的规划是否符合历史文化实际，对"浙东唐诗之路"描述是否名副其实，大概率不会去科学评估！

屈指算来，这个文件公开发布已八个多月，上下左右不会不知道——花飘浣江悄无声，只是未到动情处。官方规划的一点墨，演化开来就是一片海。本该进入而不进就可能游离"主流世界"，将被分隔衍化到另一地理区域，一步未入，步步未入，以后想返这条"路"将难乎其难。

对这种与历史地理和文化传承严重脱节的情况，我这个不以文化为业，且是体制外的一介草民，是否要发声？又能起什么作用？也许连涟漪都不会泛起，还有可能被认为这是在添乱呢！

诸暨是"浙东唐诗之路"重要枢纽是历史和现实决定的。可吊诡的是，了解这一实情的还真不太多，即或有些舞文弄墨、吟诗作赋的也一时反应不过来，甚而产生"乌龙"。其中的原因虽非三言两语可明，实也大致可断，并不复杂。

二

坦率说，对于浙东和诸暨的唐诗我有多年的积累。2018年我出版《古往今来说西施》时，原想放进去一部分唐诗，后考虑到将诗作收录，书的篇幅太大，因而最终没有将唐诗放入。故而，我对"浙东唐诗之路"的概念有几分了解，甚而觉得现所提"浙东唐诗之路"的内涵，有很大商榷空间。

讲还是不讲？心中波澜，委实难决。于是向几位友人和盘托出所思所想，有支持的，也有反对的。反对者认为省里文件已发，讲也无用，你管什么闲事？只能是遗憾复遗憾。所说不无道理。而郭学焕、周健、陈泉永、陈文斌等乡贤几乎异口同声：此事实在太大，你一定要有理有据写出文章，尽力补救呼吁。还揶揄说：要说清这件大事，需要具备历史、地理、文学、诗赋、宗教、哲学、民风民俗等综合知识，其他人也不一定讲得清楚子丑寅卯。诚望我能从历史本真的角度出发，既为诸暨的发展空间，也为诸暨百万人民、子孙后代积德扬善。这些抬举之言诚是不可承受的荣耀。

但友人的鼓励坚定了我的决心。源远流长的传统文化不应被行政搁浅而中断，还要守护和传承。显而易见，走进历史深处，把这段历史地理文脉梳理清楚，并广而告之是重中之重。这样实有点冒着不自量力的风险——做这件不是自己能力范围达不达到的事情。

于是从2020年6月份开始，我陆续撰写了《唐诗云集的诸暨，竟成了"浙江孤雁"》等10多篇系列文章，重点讲述诸暨与浙东唐诗之路唇齿相依、不可分割的关系，诚请有关部门要考虑历史实情和文化脉络，不要"乱点鸳鸯谱"，把诸暨随意划到什么其他诗路上去。文章在诸暨官方"诸暨西施号"甫一发表，便引起强烈的社会反响，陈泉永的"人仙山民"公众号同步转载，后来又连发相关文章，诸暨的陈仲明、唐建、赵志远等作出了实质性支持，学术文化界的黄朴民（中国人民大学）、黄仕忠（中山大学）、胡可先（浙江大学）、林家骊（浙江大学）、龚缨晏（宁波大学）等著名文史教授，"浙东唐诗之路"重镇绍兴、新昌的徐跃龙、鲁锡堂、黄锡云等地方文史专家，或直接援文或积极呼应。在杭州、绍兴的诸暨籍新老领导周国富、俞国行、黄旭明、杨建新、方泉尧、楼志浪、魏伟、马炬明等都用各种方式呼吁：无论哪个方面，诸暨都是"浙东唐诗之路"的重要组成部分，"浙东唐诗之路规划"不应漏列诸暨这个重镇。

时间来到8月份，省政府参事杨建新和方泉尧向省领导书面建言，诸暨市政府也在此时打报告给省政府，要求将诸暨补列"浙东唐诗之路规划"。时任省长（旋任省委书记）袁家军、副省长成岳冲批转"省发改委"，应重视这一建议。很快，"省发改委"专题发文，确认诸暨是"浙东唐诗之路"规划建设范围，确认诸暨香榧、西施故里是"浙东唐诗之路"上的重要景点……终于，诸暨成为姗姗来迟的"浙东唐诗之路"成员。

行政考量顺应历史传承、文化认同、民众呼声，善莫大焉！

然而诸暨因未列入2019年10月发布的原始规划，所以无论在规划图册还是财政支持上，总有这样那样的或欠或缺，先天不足客观存在，有些还无法弥补，看来这也是无可奈何之事！

我与余文军近几年有过合作，他研究生毕业于杭州大学中文系古典文学专业，从事编辑工作多年，勤勉踏实，学养趋笃，对唐诗宋词、乡邦文献深有研究，家国情怀蕴含内心。对诸暨的唐诗宋词我们都有积累，两人碰面合计，唐朝及魏晋南北朝有诸暨重要元素的诗词足有三百多首。面对如此不明就里的现状，两人一致的意见，就是将硬邦邦的几百首诗词纂辑汇集出版。诸暨文史爱好者赵岳阳闻讯后，把良价等高僧的诗偈也提供对照，认为其中如有尚未收入的，也可补录。我的1977级大学同年宣成（在杭的诸暨籍），特地引荐我去认识新昌徐跃龙等"浙东唐诗之路"的研究者。

客观困难是，编著这书很花费时间精力，我与余文军都有繁重的本职工作，我们不能借口"业余"降低书本质量，反而更应孜孜以求，为此只能利用节假日和晚上时间，用时 10 个月左右，总算勉力完成。当然，这事没有哪级政府或部门布置我们做，也没有什么社科基金之类资助，面对这个"严肃使命"，倘若视而不见，漠然置之，我们会感到莫名不安。

三

关于诸暨的唐诗，宏观可以衡量，微观可以聚焦。最耀眼的主线是"一美一佛一名相，一水二山源流长"。美女名臣佛宗，山水名胜古迹，天人合一的生活，至高无上的信仰，大道通行的世界，自然、人文、宗教，无一不硬核。

所谓"一美"，即绝色西施。美永远无敌，史传颂千秋，吟诵西施的唐诗俯拾皆是。

所谓"一佛"，即禅宗曹洞宗创始人良价。良价是诸暨人，多年在五泄修行，其后游历四方，与弟子本寂共创至今辉煌的曹洞宗。唐代浙东人士创立佛教流派，是惟此一家的存在。

所谓"名相"，即范蠡。范蠡是复兴越国的不世功臣，先后辅佐越王允常和勾践，是名副其实的名相。诸暨是范蠡的封地，有陶朱山、鸱夷井、范蠡岩、范蠡宅、范蠡祠等古迹。越国早期建都于诸暨，勾践为开疆拓土，将越都从山麓之地的诸暨迁到冲积平原的会稽（今绍兴），乾坤扭转，终成霸业。勾践与范蠡，是首先在诸暨土地上建功立业之人，已然成为诸暨历史文化的重要组成部分。

至于"一水"是指浣江，又名浣浦、浣渚、浣纱溪，还有越溪等称呼。浣江是浦阳江诸暨段。在唐诗中这条江的信息含量到处可见，如元稹"浣浦逢新艳",施肩吾"浣纱曾向此溪头",曹邺"西施本是越溪女"等。

"二山"是指苎萝山和五泄山,均为浙东千古名山。《越绝书》《吴越春秋》《水经注》等古籍有浓墨重彩的记载。唐诗中吟诵"二山"佳句迭出,如崔道融"苎萝山下如花女",韦庄"苎萝因雨失西施",周镛"地秀诸峰翠插西",贯休"五泄江山寺,禅林景最奇"等。而乾隆诸暨知县沈椿龄将"二山"作了凝炼:"诸暨山水,苎萝与五泄最知名,余谓苎萝闻胜见,五泄见胜闻,而要以人心为主。"也就是说"二山"各有千秋,就看游玩者的心境和爱好。可以想见,人文厚重,明静秀丽的"二山"都不能割舍。

也许是认识关系,也有人身在宝山不识"宝",对"关于诸暨的唐诗"的概念有些固化,甚而借此思路说《全唐诗》中没有"关于新昌、嵊州的唐诗",又何来"浙东唐诗之路"呢?言下之意是说:只有在《全唐诗》中出现"诸暨""新昌""嵊州"的字眼,才能算当地的唐诗。对于这样的"高论",多去解释就无意义,只能浅浅一笑。

更为难得的是,不少唐诗吟诵的对象在诸暨至今有对应存在,如苎萝山、浣纱石、浣浦、浣渚、浣纱溪、西施殿、西施滩、范蠡祠、五泄山、五泄寺、延庆寺、越山、宝掌山、东白山等,这是可以串连起的一条古老鲜活的唐诗之路。无庸讳言,有些地方的唐诗吟诵对象由于沧海桑田,已湮没无闻,无可应对,不知此山是他山了。相较之下,诸暨唐诗中的许多"客观存在"依然,就越发显示出其价值。

再如骆宾王、李白、王维、卢纶、严维、刘长卿、皇甫冉、元稹、灵默、良价、罗隐、贯休等写诸暨的不少诗文还可以系年系地列明,又可探索诗人在什么心境下写出此诗,本书稿对此已有部分披露,如要进一步深入,则是下一个课题了。

所以诸暨的唐诗之路别具胜景,亮点多多,有独一无二不可取代之处。那么,在信息高度发达的今天,为什么还会"养在深闺人未识"呢？

欣慰的是，刚到诸暨上任的绍兴市委常委、诸暨市委书记沈志江，在2021年5月15日通过"浙江卫视"向国内外推介诸暨时特别强调："诸暨是越国古都、西施故里，是浙东唐诗之路的重要节点……还有李白、王维那些千年的传世佳句。"由此可见，诸暨这个"浙东唐诗之路"的大家闺秀将不再深锁，会落落大方地走进社会灼热的视线中。

本书分上编、中编、下编三个部分，上编著述为主，中编唐诗选辑，下编精选唐诗前后时期相关的名人名作。试图将实践与理论相结合，为诸暨是"浙东唐诗之路"提供一点文献依据、理论支撑，也为打造"浙东唐诗之路"添上一朵小花。当然，随着研究的深入，不管是我们还是他人，对这本书稿的内容将会作出相应的充实和调整，这是我们所期待的。

书稿初成后发现，我们原先设想的《诸暨唐诗三百首》这个书名已不能涵盖，如上编的大部分是著述而非编纂，还有经典文献加持，文体已有改变，内容亦显多元，从众多唐诗材料中我们已"见识到"诸暨唐诗之路的成立，因而原来的题目就有所不符，需要有新的对应，《唐诗之路话诸暨——诸暨唐诗三百首》这个书名，就在这样的思考中自然闪出，如此，诸暨诚可与重点唐诗之路区域并肩驱驰。

由于这个概念是首次提炼，又是首次将著述与文献资料汇集一体出版，尚有点原创性，由此导之有人赞同，有人说道，誉之非之，均当泰然对待。我们虽然谈不上有多强的社会意识，但终究在严肃思考，费心劳作，无论如何，没有站在城头观风景。也许可斗胆一言，在文旅深度融合的今天和未来，此书的价值将会溢出书本范畴。

唐诗研究专家、浙江大学中文系系主任、中国唐诗之路研究会副会长胡可先教授审读了全书，慨然为本书作序，称此书"洵为唐诗之路之力作。深信此著的问世，一定会对浙江诗路文化带研究与建设产生很大的推动作用。"序中颇多褒奖之语，实是莫大的鞭策。2021年6

月5日，"唐诗之路研究会"会长卢盛江教授发布了《唐诗之路研究建议目录》，碰巧，我们的小书纳入研究范畴，胡教授又鼓励说，"深入研究浙东唐诗之路，此书将起引领作用。"著名书法家和诗人、浙江省书法家协会原副主席骆恒光先生不但题写书名，还亲笔书写了同宗共祖骆宾王的《早发诸暨》诗，以蕴传承气息。在杭州的诸暨籍新老领导对本书的编著和出版予以热切关注和悉心支持。浙江大学出版社总编辑袁亚春、副总编辑陈丽霞和责任编辑宋旭华精心谋划、编校此书，诚为本书增色。

对于所有关心此书编著出版的各位领导、家人、亲朋好友，我们在此一并致谢！

陈侃章（执笔）、余文军
2021年6月于杭州

图书在版编目（CIP）数据

　　唐诗之路话诸暨：诸暨唐诗三百首 / 陈侃章，余文军编著. -- 杭州：浙江大学出版社，2021.8（2021.11重印）

　　ISBN 978-7-308-21685-2

　　Ⅰ.①唐… Ⅱ.①陈… ②余 Ⅲ.①古典诗歌－诗集－中国 Ⅳ.①I222

中国版本图书馆CIP数据核字（2021）第167980号

唐诗之路话诸暨——诸暨唐诗三百首

陈侃章　余文军　编著

封扉题签　骆恒光
责任编辑　宋旭华
责任校对　吴心怡
封面设计　浙信文化
出版发行　浙江大学出版社
　　　　　（杭州市天目山路148号　邮政编码310007）
　　　　　（网址：http：//www.zjupress.com）
排　　版　杭州兴邦电子印务有限公司
印　　刷　浙江海虹彩色印务有限公司
开　　本　710mm×1000mm　1/16
印　　张　19.25
插　　页　14
字　　数　280千
版 印 次　2021年8月第1版　2021年11月第2次印刷
书　　号　ISBN 978-7-308-21685-2
定　　价　128.00元

浙江大学出版社市场运营中心联系方式：（0571）88925591；http://zjdxcbs.tmall.com